「剛……カッコよかったわよ」
「な、何か言ったか？」
「なんでもないわよ！
ほら、行こ!!」
花園の囁きが聞こえた俺は、
自分の顔の体温が
上昇しているような気がした。
動揺した俺は聞こえなかった
フリをする。

「幼馴染のよしみで一緒にいてあげてるだけ！
つ、都合の良い男みたいなもんよ！」
花園 華
ツンデレ気質な
剛の幼馴染。剛への
好意の照れ隠しでついた
嘘がきっかけで彼に
『リセット』されて
しまう。
道場 六花
剛のクラスの
中心的な少女。剛を
「先生」と呼ぶ仲だが、
彼に仕掛けた
イジメまがいの悪戯が
きっかけで『リセット』
される。

「あいつ騙されてやんの。陰キャなんか誘うはずないのにな」
「──もう二度と美々には近づかないで欲しいっす！」
笹身 美々
剛とのランニングを日課にするスポーツ少女。剛を嫌う部活の先輩に媚びを売るために彼を切り捨て、『リセット』される。

口絵・本文イラスト　Ｒｅ岳

CONTENTS

My childhood friend called
me a man of convenience behind
my back, I want to reset my favor
and live a normal youth.

第一章

my childhood friend called me a man of convenience behind my back, i want to reset my favor and live a normal youth.

第一話【幼馴染《おさななじみ》の花園華《はなぞのはな》】

幼馴染が作ってくれたおにぎりを初めて食べた時……その美味《おい》しさに感動して胸から込《こ》み上げてくるものがあった。

『藤堂《とうどう》、いま笑ってるわよ。あんたのそんな顔初めて見たわ』

隣《となり》にいた幼馴染はそんな俺《おれ》の姿を見て笑っていた。

＊＊＊

終業のチャイムが鳴る。今日は誰《だれ》とも話さないまま学園が終わった。

いつも通りの事だ。教室ではいつも俺は独りぼっちだ。

教室のざわめきを聞きながら、物思いに耽《ふけ》る。

俺、藤堂剛《つよし》は特殊《とくしゅ》な小学校に通っていた。

……色々あって、本当に色々あって、中学から地元の学校に通い始めた。

地元の中学は地元の小学校から上がった生徒が大多数だ。

だから、俺は友達が出来なかった。というか、友達の作り方なんて教わらなかった。

友達がいないまま現在の高校二年生に至る。


——常識が通じない頭がおかしい生徒。


それがクラスメイトからの俺の評価であった。

そんな俺に絡《から》んでくる奇特《きとく》な女性たちもいた。

幼稚園《ようちえん》の時の幼馴染、同じクラスの委員長、元気な後輩《こうはい》とバイト先のギャル。

彼女《かのじょ》たちと関わりがあっても俺は勘違《かんちが》いしない。みんな俺を利用しているだけだとわかっている。こんな俺と優《やさ》しく接してくれる理由がない。

だが、そんなことは俺にとってどうでも良いことだ。彼女たちとの関わりが唯一普通《ゆいいつふつう》の学園生活を感じられる大切な要素の一つであった。

俺は彼女たちから学園のカーストや人間関係の難しさや、思春期の青春について学ぶことが出来た。

幼稚園の頃《ころ》まで一緒《いっしょ》に遊んでいた近所の幼馴染、花園華とは毎日一緒に帰っている。

彼女と一緒に帰ると、必ず何かを買い食いしなければならない。俺は空気というものを読んで、必ずお金を払《はら》っている。

荷物持ちとしてショッピングに付き合う事もある。怖《こわ》くて見られない映画に付き合う事もある。

眠《ねむ》れない夜は長電話に付き合う事もあった。テスト勉強を教えてあげたり、宿題を一緒にやったりしてあげた。

恋愛沙汰《れんあいざた》には無関心だった俺にも、男女の関係というものが少しだけ感じる事ができた。

勘違いでなければ、彼女は俺に好意を持っている。そして、俺も彼女に惹《ひ》かれている。

俺はそう認識《にんしき》していたと思っていた。

「む、そろそろ時間か」

隣のクラスのＨＲが終わった気配を感じる。

俺は思考を止めて席から立ち上がる。今日も幼馴染の花園と一緒に帰る約束をしている。

生徒で溢《あふ》れている廊下《ろうか》は騒《さわ》がしい。一人だけど周りが騒がしいのは嫌《きら》いじゃない。だって、普通《ふつう》の日常生活というものを感じられるからだ。


隣の教室に入ろうとしたら声が聞こえてきた。

花園が女友達と会話をしていた。

「え、華ちゃんって藤堂くんと付き合ってるんじゃないの？」

「てか、華ちゃん可愛《かわい》いから釣《つ》り合わないんじゃない？」

「うん、あいつ地味すぎでしょ。他にいいなって思ってる人いるんじゃない？」

花園の一際《ひときわ》大きな声が聞こえてきた。

「え、あ、う、うん。わ、私が気になっている人は、えーと、バスケ部の御堂筋先輩《みどうすじせんぱい》よ！あ、あんな奴《やつ》はただの幼馴染のよしみで一緒にいてあげてるだけ！　つ、都合の良い男みたいなもんよ！　もう、冗談《じょうだん》はやめてよ」

「だしょー」

「御堂筋先輩かっこいいもんね〜」

俺は教室の扉《とびら》をコンコンとノックをして教室へ入る。

「――失礼。花園、今日は一緒に帰らない方がいい？」

花園の「ひぇっ⁉」という驚《おどろ》いた声が聞こえた。

女子たちは会話を止める。

「あ――、ううん！　い、今行くよ。ね、ねえ、今の話――」

「ぷっ、華の便利君が来たね」

「バカっ、聞こえるよ」

「聞こえるわけ無いじゃん」

――俺は耳が良いから全部聞こえている。それでも聞こえてないふりをするのが普通の学生なんだろ？

「ちょっと、静かにしてよ……。もう、じゃあまた明日ね！」

花園は友達に手を振《ふ》って別れを告げた。

俺と花園はほぼ毎日一緒に帰っている。花園は幼稚園の頃の幼馴染で、中学に上がる時再会した。

無口で常識を知らない俺は、花園のおかげで学校生活について知る事が出来た。

「ね、ねえ、さっきの話聞こえていたの？」

「さっきの？　さあ？」

花園が俺の顔を覗《のぞ》き込みながら聞いてくる。

都合の悪い事は聞いてないふりが良いだろう。

それができる都合の良い男だ。

それに、こんな俺が花園に少しでも好意を持っていた事は隠《かく》した方がいい。

忘れよう。彼女は御堂筋先輩という男が好きなんだ。

……人の好意ってなんだろうな？　俺にはさっぱり理解出来ない。てっきり花園は俺の事が好きだと思った。


――ああ、いつもの事だ。嫌《いや》なことは『リセット』して学習し直せばいい。


俺たちは無言で歩く。いつもよりも空気が重たく感じるのは何故《なぜ》だろう？

花園は身体をもじもじさせていた。何かを言おうとしてためらっている感じだ。

花園はカバンから何かを取り出した。

「ね、ねえ、これ――」

可愛らしい包装がされた手紙であった。

ラブレターと言われるものだろうか？　なるほど、俺は都合の良い男だ。察しの良さが

売りである。先週もクラスの女子にラブレターを鮫島《さめじま》君に渡《わた》してほしいと頼《たの》まれた。

それと一緒か。花園の想《おも》い人である御堂筋先輩に渡せ、という事だろう。

一瞬《いっしゅん》だけ胸が痛くなった。

それがどんな種類の痛みか俺にはわからない。

なぜなら俺は、心の痛みを何度も消したからだ。

何度も、何度も、何度も、俺は心の痛みを『リセット』して消した。

自分の中の、心が痛くなる感情を消す。

それが『リセット』だ。


子供の頃は『リセット』をうまくできなくて頭が痛くなったが、今は大丈夫《だいじょうぶ》だ。

その影響《えいきょう》で過去の記憶《きおく》が酷《ひど》く曖昧《あいまい》である……。

それでも頭の中で記録として残っているものもある。

俺は最後に花園の顔を心に焼き付けるように見つめる。

きっとこれは初恋《はつこい》であったんだろう。好きという感情なんて知らなかった俺が、勝ち気な花園と過ごすうちに心を許していたんだ。

「な、なによ、その顔は……」

花園は照れながら俯《うつむ》いていた。好意という感情を感じ取れるが、それは俺に向けてじゃない。

違《ちが》う人に向けられていたんだ。

胸の奥《おく》がざわつく。わけもわからない嫌な気持ちが湧《わ》き出てくる。ひどく苦しい。やはり、俺には普通の生活なんてできないんだ。こんなに苦しいのはもう嫌だ。

だから俺は——


俺は彼女に向けていた感情を『リセット』した。


「ちょ、剛、大丈夫⁉　顔が真っ青よ！」

立ち止まり空を見上げる。心拍数《しんぱくすう》は正常に戻《もど》る。体温が低くなる。心が空虚《くうきょ》になる。もう何も感じない。

花園との今までの思い出は記憶として残っている。長い年月をかけて育《はぐく》んだ花園への『好意』という感情をすべて消し去った。

これは比喩《ひゆ》じゃない。遊びでもなんでもない。

もう、花園を想う気持ちが一片《いっぺん》も残っていない。

今の俺にとって花園は他人みたいなものだ。

「ああ、これを彼《かれ》に渡せばいいのか？　よく頼まれるから問題ない」

花園の足が止まった。

俺の顔を見て戸《と》惑《まど》っていた。いつもと声色《こわいろ》が違ったのだろう。

「へ？　あ、あんた何言ってるのよ？　てか、顔怖いわよ……」

「大丈夫だ。俺は人間関係に不器用な男だが、精一杯《せいいっぱい》努力してみせる」

花園は困りながらも照れた表情を浮《う》かべる。

「へ、へへ……、受け取ってくれるんだ」

「ああ、頼まれた仕事はきっちりとこなす」

「うん？　まあいいか～、じゃあ、これからもよろしくね！」

「ああ、早速《さっそく》だが、これを御堂筋先輩に渡してくる。それでは失礼」

俺はその場を走り去った。

後ろから花園の絶叫《ぜっきょう》が聞こえてくる。

「へ⁉　あ、あんた！　ちょっと何してんのよ‼　ま、待ちなさいコラァ！」

照れているのだろう。だけど、俺にはもう関係ない。

だって、俺は花園への好意をすべて『リセット』したから——

＊＊＊

俺はその日から、花園と一緒に帰るのをやめた。

御堂筋先輩に花園のラブレターを渡した時の彼の顔を見ると、きっと成功になるだろうと思った。彼はなかなかの色男であった。

……人間関係って難しいな。小学校の頃は勉強と運動だけしていれば良かったからな。

ある日、花園がすごい勢いで俺の教室へ乗り込んで来た。

俺を見つけると、キッと睨《にら》みつける。花園は声を震《ふる》わせながら俺に言った。

「あ、あ、あ、あんた……。なんで私があんたにあげたラブレターを御堂筋先輩に渡してんのよ！　これはあんたに渡した奴でしょ！　馬鹿なの？　こ、断るの大変だったんだから！　そ、それになんで一緒に帰ってくれないのよ！　ずっと待っていたんだから……、連絡《れんらく》もつかないし……」

……どういう事だ？　事態を理解できない。

「花園は教室で友達と『御堂筋先輩が好き』という話をしていた。それに、俺はただの幼馴染で都合の良い男だって聞いた。だから、俺はてっきり御堂筋先輩に渡すよう頼まれたかと思った」

「は？　そ、そんな事あんたに一言も言ってないじゃん!!　……ありえない。ひぐっ、ひつぐ、せ、せっかく付き合えたと思ったのに」

「俺は都合の良い男という認識だ。――花園には他に良い男がお似合いだ」

――俺も好意を持っていたけど、それは『リセット』した。もうただの同級生としか思っていない。

クラスメイトの好奇《こうき》な目にさらされる。このままだと、花園に変な噂《うわさ》が立ってしまう。

俺はきっちりと頭を下げて誠心誠意を込めて謝罪をする。

「――わかった。俺が全部悪い。申し訳ない。二度と花園の近くには寄らない。本当に済まない……」

「え……あ、ご、誤解だったからさ……また一緒に……かえ、ろ」

――同じ時間は二度と戻らない。俺の常識知らずのせいでこれ以上迷惑《めいわく》かけられない。

「わかった、気が向いたら声をかけてくれ」

「あ……、もしかして？　まさかまたアレを……」

青ざめた顔の花園。もう二度と戻らない距離《きより》感。

ああ、人間関係って本当に難しいな。

第二話　【同級生の道場《みちば》六花《ろっか》】

中学の時の俺は今よりも不器用であった。

花園がそばにいてくれたお陰《かげ》でなんとか学校生活を送れたのだろう。

頭では理解している。記憶にも残っている。

『あんたバカなの⁉　それは食べ物じゃないって！』

『なんでそんな事するのよ……。私だって他の子と遊びたいんだから……』

『はっ？　電車に乗った事がない？　嘘《うそ》よね？』

『はぁ、もう子供じゃないんだから砂場で遊ばないでよ』

『ほら、一緒に謝《あやま》ってあげるから……』

『元気だしなさいよ！　あんたは私の幼馴染でしょ。帰りにアイスでも食べるわよ』

『ちゃんと笑えるじゃない。心配して損した。……あっ、べ、別に心配なんてしてないからね！』

記憶を思い出しても何も感情が浮かばない。だって感情を全部リセットしたからだ。


教室は今日も平穏《へいおん》である。

俺はこんな平穏が嫌いじゃない。だって、頭に変な機械をつけてテストを受けたりしない。死にそうになるような運動はしない。ぬるま湯みたいな生活が大好きだ。

休み時間中の教室はクラスメイトのざわめきで満ち溢れていた。もちろん俺はその輪の中には入っていない。

「ねえ、山田《やまだ》テストどうだった？」

「マジ最悪、絶対赤点だぜ！」

「イバんなよ！　てか俺の勝ちだぜ！　今日のカラオケおごれよ」

「はっ？　ざけんなよ。てめえがおごれよ」

こんな風にテストで一喜一憂《いっきいちゆう》できるのはすごい事だと思う。

……俺もクラスメイトと普通の会話をしてみたい。口下手な俺はその一歩が踏《ふ》み出せないでいた。

勇気を出して話しかけても俺はいつも失言をしてしまう……。中学の時は何度も失敗した。高校に入っても俺が話しかけると変な空気になる。何がおかしいか自分ではわからない。

テスト用紙を見せあって楽しそうに会話をするクラスメイト。とても眩《まぶ》しいものに感じられた。

この学園のテストはそんなに難しくない。自分が高得点を取って目立つのが嫌だから適当に半分埋《う》めて、あとは空白で提出している。だから俺の成績は平均点あたりだ。

特に取《と》り柄《え》もない人畜無害《じんちくむがい》な生徒。それが俺のクラスメイトからの評価だ。

「よっ！　先生、テストどうだった？　君の事だからどうせ真面目《まじめ》に受けなかったのよね？」

クラスの委員長の道場六花が俺に話しかけてきた。

友達がいない俺に話しかけてくる唯一《ゆいいつ》のクラスメイト。

いつもは図書室でしか話さないのに、教室で話しかけてくるのは珍《めずら》しい。

なんにせよ、自分の心が浮き立つのがわかった。これは嬉《うれ》しいという感情だろう。

道場との交流は普通の学校生活を感じられる重要なファクターになっていた。

さりげなく俺の肩《かた》に手を置く道場。

気さくで明るい道場は、クラスの誰からも好かれていた。そして、クラスの男子の大半は道場の距離感の近さに惑《まど》わされていた。

顔の美醜《びしゅう》はよくわからないが、自分で自分のことをクラスで一番可愛いと自称《じしょう》していた。きっとそうなのだろう。

男子生徒が『あいつ絶対俺の事気があるよ』って言う言葉をよく耳にする。

「失敬な、俺は真面目に受けている。……努力が足りないだけだ」

「ははっ、絶対嘘でしょ。だって、君、絶対頭良いもん。あ～、なんか隠す理由とかあるの？　まいっか、ねえ、今日さ、クラスのカラオケ行こうよ！　いつも一人なんだからさ、たまにはいいでしょ！」

俺も他のクラスメイト同様、道場の距離感の近さに戸惑うことが多い。

以前、道場が昼休みに図書室で一人で勉強している時、俺は見るに見かねて勉強の口を出してしまった。

それ以降、俺が道場の勉強を教えるのが日課となっていた。

道場曰《いわ》く『藤堂の教え方ってすごくわかりやすいのね！』との事だ。

実際、道場はクラスのトップレベルまで成績をあげた。今でも勉強会は続いている。

……昼休みに図書室に通う生徒は全然いないからみんな知らない事だ。

道場と一緒にいると明るくて楽しかった。勉強を教えてくれる都合の良い男、陰でそう言われていた事も知っていた。

それでも道場は口下手な俺と会話をしてくれる。それだけでクラスメイトとして好感を抱《いだ》いてしまった。

「カラオケか……。——善処する」

「ぷっ、善処って、おじさんじゃないんだからさ。あっ、そういえば花園さんと別れたんだっけ？」

「何故そうなるのだ？　元々付き合ってない。というより、俺と彼女はただの幼馴染なだけだ。それ以上でもそれ以下でもない」

道場はキョトンとしたあと、笑《え》みを浮かべた。

「ふ～ん、じゃあ、私が立候補しちゃおうかな～。ねえ、カラオケさ……二人で行かない？」

「いや、遠慮《えんりょ》しておく」

道場は大切なクラスメイトだ。道場が変な誤解を受けても困るだろう。好感を抱いているといっても、クラスメイトとしてだ。恋心《こいごころ》ではない。

「――え、遠慮しておくって。即答《そくとう》でムカつく……。ねえ、二人っきりが嫌ならさ、今日の放課後、君も来てね。来なかったらもう話しかけないよ？」

むむ、そんな事を言われたら困る。

「了解《りょうかい》した。カラオケは行った事がないから緊張《きんちょう》する」

「あはは、大丈夫だよ！　君もきっとクラスメイトと仲良くなれるよ！　じゃあ放課後ね。後で連絡するね！」

結局、俺は道場に強引《ごういん》に誘《さそ》われてカラオケに行く事になった。

テスト明けにクラスメイトと行くカラオケ。心が弾《はず》むような感情が生まれた。

ちょっとだけ、俺は楽しみであった。

＊＊＊

今日は土曜日であった。一度家に帰ってから商店街にあるカラオケボックスの前で集合となった。

俺はいつもよりもおしゃれをして集合場所に向かう事にした。

ボサボサの髪《かみ》を整えて、お出かけ用の服に着替《きが》える。

そういえばこの服は花園が選んでくれたんだ。

『あんたダサいわよ⁉　デートで、あ、いや違うから。デートじゃないけど、女の子と二人っきりのお出かけなのに、なんで学校ジャージなのよ！』

と怒《おこ》られてしまった。その日は結局俺の服を選ぶ事になったんだ。

……なんで俺は今あの日の事を思い出したんだ？　感情は消したはずだ。

『ふ、ふーん、あんたスタイルいいから似合うじゃないの。べ、別にかっこいいなんて思ってないからね！』

俺はあの時どんな感情だったんだろう。

何も浮かばない。まるで他人の記憶を観《み》ているみたいだ。

もう心は痛くならない。

──なら問題ない。

俺は意識をカラオケに切り替《か》えて、家を出るのであった。

集合場所につくと時間が早いのか、誰もいなかった。

俺は辺りを観察しながら待つ事にした。

都心のカラオケ屋さんだけあって、行き交《か》う人々は様々な格好をしていた。

なぜか俺の事をチラチラ見てくる人が多い。知らない人からの視線はあまり好きじゃない。俺も見ているからお互《たが》い様《さま》か。

集合時間はとっくに過ぎていた。

俺は人々の観察をやめて、足元にすり寄ってきた猫《ねこ》の相手をしていた。

俺は猫の頭を撫《な》でる。動物の相手は気が楽だ。コミュニケーションで間違《まちが》える事がない。

「お前も一人なのか？」

「にゃ～」

「ふむ、あいにく食料を持っていない。すまない」

少し離《はな》れたところから違う猫が鳴いていた。俺が頭を撫でていた猫は鳴き声に反応してそちらの方へと去っていった。

俺は再び一人となった。

「……友達がいるのはいいことだ」

いつまで経《た》っても道場たちが来ることはなかった。

二時間が過ぎた頃だろうか。一人でずっと待っているのはとても寂《さび》しい。

俺が時間を間違えたのか？　集合場所を間違えたのか？　不安になってくる。

――間違えるはずはない。俺は場所と時間を聞いた時にすぐメモを取った。

「……帰った方がいいのか」

きっと俺が何かを間違えたんだろう。明日、道場たちに謝ろう。足を帰路に向けた時、スマホが鳴り響《ひび》いた。道場からの着信である。

「もしも――」

「あぁっ！　藤堂、あんた場所間違えてるのさ‼　はぁ、もうどうしようもないんだからさ。早く来なさいって、みんな待ってるの！」

電話が切られた。メモとは違う場所を伝えられた。

……これは、騙《だま》されたのか？　俺が間違えたのか？　……今後、道場と円滑《えんかつ》にクラスで過ごすためには行く必要がある。

何にせよ、俺は道場が指定した場所へと向かった。

カラオケ屋さんにつくと、俺は指定されたボックスに入る——そこにはクラスメイトではない高校生の男女二人がいた。ガラが悪くてチャラそうである。

道場やクラスメイトの影《かげ》も形もない。部屋番号は間違えていないはずだ。困惑《こんわく》が顔に出てしまう。

「ああん、なんだてめえ、睨んでんじゃねえよ!! 部屋間違えてんぞ！」

「あっ、ちょっとまって、藤堂じゃん！ わぁ、なんでここにいるの？ てか、そこにいるならドリンクバーからジュース持ってくるじゃん！」

「んだよ、波留《はる》の知り合いか？」

「知り合いっていうか、バイト仲間？ まあそんな事どうでもいいじゃん。ほら、ジュース、ジュース！」

「ちっ、じゃあてめえ行って来いや」

……色々言いたいこともあるが、俺は事を円滑に進める為《ため》にとりあえずジュースを取って来ることにした。言い返してトラブルになっても面倒《めんどう》だ。

慣れないカラオケ屋さんの中をさまよい、ジューススタンドへとたどり着く。

あそこにいた化粧《けしょう》が濃《こ》いギャルの子は同じバイト先で勤めている田中《たなか》波留だ。

田中は俺のバイト先の上司である。

同じ学園に通っているが、学園で話したことはない。

ギャルっぽい見た目だが、バイトでミスをする俺のフォローをいつもしてくれるとても優しい女の子だ。

バイトが同じ時間に終わると一緒に帰る事もある。花園とうまくいかない時は相談に乗ってくれた。俺の話を唯一ちゃんと聞いてくれる人であった。

……俺はジューススタンドの前で固まってしまった。

この機械をどうやって使えばいいかわからない。勝手にボタンを押《お》していいものだろうか？

配膳《はいぜん》をしている店員さんと目があったが、俺の事を気にせず奥へ消えてしまった……。

むむ……。頼まれた仕事をこなして道場と合流しなければ。

「あっ、やっぱ使い方わかんなかったじゃん！　あははっ、パシってごめんね」

「田中？」

田中が俺の横にいた。ふんわりと甘《あま》い匂《にお》いが漂《ただよ》ってきた。嫌いな匂いじゃない。とても落ち着く匂いだ。

田中はなにやら楽しそうな顔で俺に説明を始める。アルバイトの時と一緒だ。いつも楽しそうな顔で俺に教えてくれる。

「えっとね、このグラスを取って、好きなドリンクを選んでボタンを押すだけじゃん」

「ふむ、勝手に使っていいんだな。なんとも便利な機械だ」

「ていうか、藤堂は使った事ないの？　ファミレスにもあるじゃん」

「そうなのか？　俺はファミレスに行った事がない」

「ええ⁉　マジで？　ていうか、今度一緒に行く？」

「そ、それは……」

「嫌ならいいよ。ほら、ここ押すじゃん！」

「う、うむ」

グラスを設置してボタンを押す。なるほど、子供でも簡単にできる作業だ。炭酸のジュースがグラスを満たす。

なんだか、嫌な気持ちも弾《はじ》ける泡《あわ》のように飛んでいくような気分であった。

「よし、じゃあ行くじゃん！」

「い、いや、俺は……」

とりあえず俺はジュースを手に持ちながら田中の後を歩くのであった。


部屋に戻って二人分のジュースをテーブルに置くと、ソファーに座《すわ》った田中が自分の横を手でバンバンと叩《たた》く。田中の連れの男の子も俺を見つめる。

「ほら、藤堂も一緒にカラオケするじゃん」

「ん？　珍しいな。俺は波留がいいならなんでもいい」

し、しかし、田中はカップルで来ているはずだ。俺はお邪魔虫《じゃまむし》ではないか。それに道場との先約がある。

「すまない、道場に誘われて来たから一緒にカラオケするのは無理だ」

「そっか、残念だけどしゃーないじゃん」

また今度誘ってくれるだろうか？

俺は次は田中と来てみたいという事を伝えたいが、うまく言葉に表せない。

「藤堂ありがと～！　またバイト先でね！」

「ちっ、ありがとな。これでもやるぞ」

柄《がら》の悪い男の子がポケットから出した飴《あめ》を俺に手渡《てわた》す。

……なんだろう。彼からは妙《みょう》な気配を感じる。普通に見えるのに動きに無駄《むだ》がない。

「あ、ありがとう。飴は好きだから嬉しい。それでは失礼する。た、田中、また……今度」

田中が大きく手を振りながら見送ってくれた。妙に気恥《きは》ずかしい気持ちで一杯《いっぱい》になった。

気持ちを切り替えて道場たちを捜《さが》す。どのボックスを捜しても道場はいなかった。

……せっかくクラスメイトと交流できると思ったのに。

口下手で人付き合いが苦手だ。

カラオケに誘われても、こんな自分が行っていいのか？　と思い、断ってしまう事が多かった。

道場を通してならクラスメイトと喋《しゃべ》れると思ったけど、きっともう帰ってしまったのだろう。

——カラオケ……経験してみたかったな。

俺《おれ》はカラオケ屋を出る事にした。トボトボと歩いていると、カラオケ店の前にクラスメイトと道場の姿があった。

そして、俺を指差して笑っていた。良い笑い方ではない。あれは、俺が何度も経験した人をバカにする時の嫌な笑い方であった。


——なんでだ？


「あいつ騙されてやんの。陰《いん》キャなんか誘うはずないのにな」

「ていうか、ほとんど話した事ないやつとカラオケなんか行くの？」

「よくもまあ二時間も待ってたね、大丈夫なの？」

「……あいつってあんな感じだっけ？　な、なんか私服だとイメージが……」

「大丈夫よ、あいつ絶対私に惚《ほ》れてるから……、ふふん」

「六花さんモテるからね！」

彼らは小声だから聞こえてないと思っているのだろう。

俺は耳が良い。それに読唇術《どくしん》もマスターしている。しっかり聞こえている。

——俺は……普通に同級生と行くカラオケに憧《あこが》れていた。だから、本当は道場に誘われて嬉しかった。

なのに俺は馬鹿にされただけだったのか？

俺の中で道場に抱いていた同級生としての好意が――

さっきまでの田中とのやり取りで清々《すがすが》しい気持ちになった俺の心が急速に萎《しぼ》む。

彼らから感じるのは悪意だ。敵意のない悪意。ただの冗談だと思っているのだろう。こんなものは学校で習った事がなかった。

道場と過ごした図書室。笑い合いながら行った勉強会。テストの点が良くなって、笑顔で報告してくれた道場。

いつも明るくて独りぼっちの俺を心配してくれた。

大事なクラスメイトだった。

だけど、彼女《かのじょ》にとって俺は勉強を教えてくれるだけの都合の良い男。

胸が痛む。

幼馴染《おさななじみ》とは違う初めての友達、というものが出来たと思った。

メッセージアプリで連絡先《れんらくさき》を交換《こうかん》した時は嬉しかった。

とりとめのないやり取りが俺に日常を感じさせてくれた。

こんなに胸が痛むなら全て忘れてしまえばいい。

――リセット。


なかった事にすれば心が傷《いた》まない。

俺は空を見上げて精神を集中させた。

気持ちを切り替える。言葉通りの意味だ。

関係ない人間から受けた悪意は流せばいい。関係がある人間から受けた悪意は悲しいものだ。

今まで道場と過ごした思い出を高速思考で振り返る。

痛む心を無視して、道場とのすべてのやり取りで感じた感情を凝縮《ぎょうしゅく》させる。

凝縮させたそれを――

粉々に破壊《はかい》する。


――今までの道場との関係を『リセット』した。


胸の奥の痛みは一瞬で消えて、俺はフラットな精神状態に戻った。

すべての好意をゼロにする。

比喩ではない。俺は、完全に好意を思い出を感情を消すことができるんだ。

昔みたいにリセットのやり方を間違えて記憶を消すことはない。


さて、スーパーに寄って夕食とお弁当の食材を買って、おうちに帰ろう。今日はカレーにしよう。


道場たちがにやにや笑いながら俺に駆《か》け寄ってきた。

「ははっ、先生っ！　ただの冗談《じょうだん》だよ。ほら、次のカラオケ屋さんに行こう！　みんな君を試《ため》したかっただけよ。あっ、そうだ、みんなにも勉強教えてあげてほしいな。私の成績の秘密を話したら食いついてきてさ――」

「そうそう、早く行こうぜ！」

「道場さんから聞いたぞ？　本当は頭良いんだってな！」

「カラオケしようぜ！」

温かい気持ちなんて一切《いっさい》ない。

こんな人を馬鹿にした親睦《しんぼく》なんて必要ない。


「――失礼、俺は帰る」

ちょうど店から出てきた田中。カラオケでストレス発散したのか、さっぱりとした顔であった。俺を見て手を振《ふ》っている。俺は手を振り返す。田中はそれを見て満足したのか、男の子と一緒《いっしょ》にどこかへ行ってしまった。

道場はきょとんとした顔をしていた。

「え、ええ？　な、なんで？　怒ってるの？　た、ただの冗談だよ？　ほら、先生、勉強教えてよ」

「すまない。俺はもう二度と君と関わらない」

「ちょ、ちょっと待ってよ！　不器用な君のためにみんな集まってくれたんだよ！　ねえ、空気読みなよ……」

空気を読む。現代高校生に必須《ひっす》な項目《こうもく》だ。どうやら俺の成績は最底辺らしい。

「ああ、君らの都合を考えずに帰ってしまう俺が悪い……。大変申し訳ない。失礼する、道場」

「と、藤堂！　ちょ、ちょっと待ってよ‼　あ、謝るからさ‼」

人は調子に乗ってしまうものだ。

仕方ない事である。まだ俺たちは高校生だ。たかが十七年しか生きていない。

だから人を傷つける事に躊躇《ちゅうちょ》しない。それが本当に傷つけるとはわかっていないからだ。

謝るのだって、勉強を教えてもらいたいだけだとわかっている。

俺は道場にとってただの都合の良い男だ。そんな関係はすでにリセットした。

「謝らなくてもいい。そんな事を言われても何も感じない」

「な、なんで冷たくするのさ……。藤堂は私の事好きだったでしょ！　だから勉強教えてくれたんでしょ！」

「すまない、言っている意味がよくわからない。俺は君を見ても何も感じない」

「せ、先生、顔、怖《こわ》いって……」

「先生という呼び方はやめてくれ」

道場が俺の言葉を聞いて衝撃《しょうげき》を受けた顔をしていた。

だけど、俺はそんな顔をされても何も感じない。もう胸は傷まない。道場への感情は全てリセットしたからだ。

これ以上のやり取りは意味をなさない。

俺は道場を無視して歩き始める。

頭の中はスーパーで買う食材のリストを作る。

ふと、ポケットに入っている飴を思い出した。俺は飴を口に入れる。甘いのに何故《なぜ》かしょっぱさが感じられた……。

第三話【優《やさ》しい田中】

小学校の頃《ころ》の食事は無機的なものであった。味なんて適当だ。ただ空腹を満たしつつ栄養を補給するもの。足りないものはサプリで補う。独りぼっちの教室で食べていた記憶《きおく》が蘇《よみがえ》る。

その頃には幼稚園《ようちえん》の記憶なんて無くなっていた。

友達という概念《がいねん》を知ったのは中学生になってからだ。

だから、自分に友達が出来てすごく嬉しかった。

道場と二人で図書室でこっそりお弁当を食べた時は、何故かいつもよりも美味《おい》しく感じられた。

——そんな感情はもう消えてしまった。

＊＊＊

昼休みの時間。

俺は一人で弁当を食べている。自作の弁当である。梅干しご飯に鳥のささみ、茹《ゆ》ですぎたブロッコリーはいまいち美味しくなかった。しかし上出来である。

足りない栄養素はサプリで補えばいい。少しずつ料理の腕《うで》が上がっている。明日はもう一品追加しよう。

小学校の頃と違《ちが》って今は教室にクラスメイトがいる。

周りの声を聞くと、それだけで心が華《はな》やぐ。

それでも俺だけ弁当を一人で食べているのは少しだけ寂しかった……。

「おい、てめえ!!　俺の唐揚《からあ》げ取りやがったな！」

「うっせえよ、お前のかあちゃんの唐揚げうまいんだよ！」

「ならお前のエビフライよこせよ！」

「しかたねえな。ほらよ。――そういや、宿題やったか？　俺、やってねえから見せてくれよ」

「あとであんドーナツ奢《おご》ってくれたらいいぜ」

「おう、食い終わったら買いに行こうぜ！」

各々《おのおの》仲の良い友達と机を囲んで楽しそうに食べている。

クラスはくっきりとカーストで分かれていた。独りぼっちは俺だけだ。

幸いこのクラスにイジメっ子はいない。

ゲームやアニメが好きなグループに、大人しい調整型グループ。運動系の活発なグループ、そして、クラスの空気を読む事に長《た》けているリア充《じゅう》グループ。もっと細分化できるけど、大まかにはこんなものだろう。

……道場さんがこっちを見ている。彼女はリア充グループに所属している。彼女は友達に囲まれてご飯を食べていた。朝からチラチラと視線を感じる。俺に話しかけようとする素振《そぶ》りを見せるが、俺は話したくない。

彼女との関わりは消えた。関わって胸が痛くなるのはもうごめんだ。

わかってる。これは俺の独りよがりのわがままなんだ。リセットに頼《たよ》ってしまう俺の心が弱いだけだ。

弁当を食べ終わると、昼休みのルーティーンが消えた事に気がついた。

道場との接点が無くなった事によって図書室に行く必要が無くなった。

なるほど、人と人との繋《つな》がりで習慣が付けられるんだな。

このあとの時間がフリーになった。

さて、どうしよう。

俺がとりあえず席を立とうとした時――


「ねえ、今日は剛いる？　――そう、藤堂。あっ、いた‼」

花園が俺のところにやってきた。

俺は花園が話しかけてきたら話すけど、今はそんな気分じゃない。

それに花園には迷惑かけたからな。俺と話して変な噂が立たないようにしないと――

「失礼、俺はこれから――」

「待ってよ。剛、道場との勉強会は終わったんでしょ？　噂になってたからね。この後何もないでしょ？　ちょっと付き合いなさいよ！」

俺は驚《おどろ》いた。道場と俺との勉強会は誰《だれ》も知らないと思っていたからだ。

まさか花園が知っているとは……。

俺が返答をしようとした時、道場がこっちに向かってきた。

「君って、せんせ……、藤堂に振られた花園だよね？　ははっ、しつこいってさ。だってこれから私達は勉強会するからね！」

――もうそんな気が起きない。道場に感じていた友達としての好意は消えてなくなった。なぜ道場はその事を理解できないのだろう？　普《ふ》通《つう》の人は感情を消去する事ができないから仕方ないのか。

「へっ？　あんたこそ剛の事騙したりして馬鹿にしてたんでしょ！　そんな奴《やつ》は許せないわよ！」

「ちょ、ちょっとした冗談だっただけよ！　あ、あんたみたいに色恋沙汰《いろこいざた》じゃないのよ！

――はんっ、素直《すなお》になれなくて全然好きじゃない男の名前言っちゃうおバカさんよりマシよ！」

「むきっーー!!　この思わせぶり女め!!」

「なによ！　嘘つき女！」

――俺は気配を消して教室を抜《ぬ》け出した。自分の事を語られているが、まるで他人事《ひとごと》のような気がする。面倒事はごめんだ。

当ても無く学校を歩く。思えば俺は中学から高校まで全然成長していないな。人見知りで口下手で友達も出来ない。

隣《となり》にはいつも迷惑《めいわく》そうな顔をしている花園がいただけだ。

俺は普通の生活がしたい。クラスの人気者になりたいわけじゃない。目立ちたくない。ただ穏《おだ》やかな生活をしたいだけなんだ。

俺は普通に生きられるのだろうか？　やはり、おかしいのだろうか？


歩いていると中庭にたどり着いた。食事を終えた生徒たちが談笑《だんしょう》をしている。ここは緑が多くて陽の光が気持ち良い人気の場所だ。

空《あ》いているベンチが目に入った。俺はベンチに座り、花壇《かだん》に生えている花の数を数えながら時間を潰《つぶ》すことにした。


「よーーすっ‼　藤堂じゃん！　この前はジュースありがと‼」

田中波留が突然隣《とつぜんとなり》に座ってきた。

俺は身体を半歩ずらす。花園以外の女性が俺の隣に座るのは緊張してしまう。

田中は同じ学校であるが、校舎が離れている特別クラスにいるので滅多《めった》に出会う事がない。

金髪《きんぱつ》でミニスカの田中は、頭にクルクルした付け毛が沢山《たくさん》付いている。あれは……エクス……なんとかだったな。

見た目が派手な彼女だが、バイトに慣れていない俺のフォローをしてくれているとても優しい子だ。

この前のカラオケでも有意義な会話が出来てよかった。田中は見た目に反して、きっちりとしている。ジュースを奢ろうとしたら怒られた事もあった。

田中との出会いは、初めてアルバイト先に出勤した時の事だ。

貯金は沢山あったが、社会常識を学ぶためにアルバイトという手段を選択《せんたく》した。

初めて会った時の田中はひどく冷たかった

『ん？　新しいアルバイト？　あっそう』

『はっ？　私が面倒みるの？　マジで……』

『あんた馴《な》れ馴れしくしないで。うちらは仕事だけの関係じゃん』

俺はただただ仕事に集中をした。

そこで思った事があった。バイト先でもグループが存在していた。俺に話しかけて来るスタッフは誰もいなかった。わからない事があってもシェフ以外誰も教えてくれない。

こんなにも人がいるのに俺は独りぼっちだった。アルバイト先は小さな社会を形成していた。

俺は普通の人がしないようなミスをする時もあった。陰《かげ》で「頭がおかしい」と言われて笑われているのを知っていた。


『ああ、もう、それはこうやってやるじゃん』

『ちょっと、なんで藤堂のまかないじゃん！　そういうのやめてよね』

『あ……、雨じゃん。店の置き傘《がさ》ないじゃん……。ん、何？　傘《かさ》貸してくれる？　ちょ、待ってよ！　あんた傘は⁉』

『ていうか、藤堂って意外と面白《おもしろ》いじゃん。あれでしょ、女の子に興味無い感じでしょ？　私、視線でわかるじゃんか。なんか弟みたいじゃん』

『ほら、一緒にゴミ捨てして早く帰るじゃん！　帰りにジュース買おうね！』

『ふーん、幼馴染の花園さん、ね。ねえねえ、それってデートじゃん。詳《くわ》しく話聞かせるじゃん！』

何がきっかけか分からないが、田中はバイト先で俺と普通に話してくれるようになった。他のスタッフとは未《いま》だに喋れない。

何度もアルバイトを辞《や》めようと思ったが、田中に会えるからアルバイトを続けようと思ったんだ。

高速思考が田中との思い出を振り返る。うむ、とても好感が持てる女の子である。

「ああ、田中。こんにちは」

「相変わらず地味じゃん。……ていうか藤堂ってカラオケ行く友達いたんだね？　この前は楽しんだの？」

週末の出来事を思い出す……。

あれはもう俺には関係ない思い出だ。あの時の感情は消したからもう覚えていない。

ただ、俺はカラオケを出来なかったという事実があるだけだ。

「いや、覚えてない」

「覚えてない？　え、意味分かんないじゃん」

「し、失礼。なんて説明していいかわからないんだ。カラオケ店には行ったが、俺はカラオケをしていない」

「へ？　どういうこと？　てか、藤堂、顔が暗いよ？　私でいいから話してみるじゃん！　あと噂《うわさ》で聞いたけど、幼馴染ちゃんともなんか気まずい感じなんでしょ？」

「うむ、花園はもう関係ない」

「……そんなのだめじゃん。だって、私、藤堂から花園さんの事聞いてたじゃん。超《ちょう》楽しそうに話してたじゃん」

田中は俺を強く見つめる。

真剣《しんけん》な表情だ。さっきまでと雰囲気《ふんいき》がまったく違う。思わず見惚《みと》れてしまった。とてもキレイな目であった。

田中なら話してもいいか。

「実は――」


俺は田中に簡単に説明をした。感情を排除《はいじょ》してできるだけ客観的に。自分の主観が入ると正確に話が伝わらないからだ。

田中は俺の話の腰《こし》を折らずに、「うんうん」と相槌《あいづち》を打ちながら話を聞いている。

話を聞き終わった田中は、閉じていた目を開いて、俺の頭を軽くひっぱたいた。

「――痛いぞ、田中」

「せっかく仲良くなれたのに、そんな簡単に切り捨てちゃだめじゃん……。寂しいよ」

「しかし、自分の心が痛くなるのが嫌《いや》だ。だから『リセット』したんだ」

「感情なんてリセット出来ないじゃん。自分を誤魔化《ごまか》してるだけだよ」

「いや、これは……」

「道場さんのことは知らなかったけど、花園さんは長い付き合いじゃん？　仲直りしようよ」

「だから、俺が悪いと言っている――」

「違うの、あんたが悪いとかっていう話じゃないの。これは話し合えば解決できたじゃんかよ。そんなスッパリ切り捨てるほどの話？　あのね、関係を一切無くしちゃうのは寂しいじゃん……あんたがさ」

俺が寂しい……。

俺はあの時、傷ついた心をそのままにはしてはいられなかった。

だから俺は――心をリセットした。今まで築き上げた関係を全てゼロにした。

そうすれば心は痛まない。そうすればいつもどおりだ。

俺が無言でいると田中は立ち上がって背伸《せの》びをする。

「まあ、あんたの気持ちもわかるよ。みんな自分勝手じゃん……。私ってこんななりじゃん？　だから敵を作りやすいんだって。だからね、そういう時は流すの」

「流すか……。俺にそんな器用な事できるのか」

「そんなの知らないじゃん。私の場合の話よ」

俺は田中をじっと見つめた。

バイト先でも思ったが、田中は成熟している。

見た目と中身が一致《いっち》していない。――驚愕《きょうがく》である。

俺は田中の言葉に感動してしまった。

「ちょ、ちょい、見つめすぎじゃん!?　さ、流石《さすが》に恥《は》ずかしいじゃんかよ！　藤堂は地味なんだけど、素材は一級品なのよ。わかる人にはわかるんだから！　……あーっ、柄にもなく熱く語っちゃったじゃん。今度ジュースおごってね」

「――善処する」

「バカ！　そういう時はもうちょっと考えて返事するのよ！　……まっ、藤堂はそのままでいっか……じゃあ私行くよ」

田中は俺に背を向けた。話は終わりという事だろう。

――なるほど、ならば。

「ああ、ありがとう、田中。その、ジュースが美味しいカフェを見つけたんだが、今度、お礼に、い、一緒に……」

言葉が詰《つ》まって上手《うま》くしゃべれない。恥ずかしくて顔が紅潮しているだろう……それでも俺は言葉を絞《しぼ》り出す。

「俺と一緒に、行ってくれないか？」

感謝を込《こ》めて――

背を向けた田中は俺の方に振り返った。
手を腰に当てて胸をそらす。健康的な肌《はだ》が光に照らされて綺麗《きれい》であった。
満面の笑《え》みで――ウィンクをして、ピースサインを俺に向けた。
「あははっ！　もちろんじゃんっ！　連絡《れんらく》待ってるよ！」
田中は嬉《うれ》しそうに走り去った。
俺は自分の身体が熱くなっているのを感じた。

それは田中が立ち去っても消えてくれなかった。

──俺はこの温かい気持ちをリセットなんてしたくないと思った。

だが、それと同時に、この気持ちが心を痛める元である事を俺は理解していた。

親愛はいつか消えてなくなるものだと思っているからだ。好意が胸の痛みを発生させるものだと理解しているからだ。

第四話【捨てられない革靴《かわぐつ》】

昼休みも終わりに近づき、教室に戻《もど》ると花園の姿はすでに無かった。

道場は友達と談笑をしている。俺を一瞥《いちべつ》すると、興味を無くしたように視線を外した。

「あれ？　六花、藤堂君の事はいいの？　なんだか執着《しゅうちゃく》してたよね？」

「ん？　ああ、もういいよ。冗談があんなに通じないなんて思わなかった。ねえ聞いてよ、あいつさ、土曜日にさ――」

「あ、あははっ、六花ちゃんもエグい事するね」

「だって、絶対あいつ私の事好きだったよ。まっ、私にとって勉強を教えてくれるだけの存在だったけどね。あいつ、喋る時っていつも『善処する』『ああ、そうだな』しか言わないのよ？　勉強とか得意な事はすごく饒舌《じょうぜつ》に喋るのに――」

「ろ、六花ちゃん……藤堂君、もう教室にいるよ」

「ん、知ってるよ。もう関係無いんでしょ？　私はあの嘘《うそ》つき女と違ってあんな陰キャ興味ない。それに聞こえてるわけ無いよ」


道場への好意はリセットした。

だから俺は何を言われようと心が痛まない。実際、田中の言った通りだと思う。

俺は子供で拗《す》ねていたんだな。もう少しうまく立ち回ればよかったのかも知れない。

それでも、俺はあの時の道場さんとクラスメイトの行為《こうい》を我慢《がまん》することが出来なかった。

あんな事をされても我慢しなきゃいけないのが人間関係だなんて……。

――よし、気を取り直して授業を受けよう。と言っても、知っている事を教わっても時間の無駄である。俺はどうすればクラスに馴染《なじ》めるのか、ちゃんと考えてみる事にした。

結局、何も良い考えが浮《う》かばず放課後になってしまった。

最後のHRが終わって、先生が教室を出るとクラスメイトが一斉《いっせい》に騒《さわ》ぎ出す。

「おう、今日は部活？」

「おっしゃ！　ゲーセン行こうぜ！」

「ねえ、マック寄らない？　テストも終わったしさ」

「バイトバイトっ！」

「あの漫画《まんが》見た？　超面白《ちょうおもしろ》くない？　お前持ってねえのか！　貸してやんよ！」

みんな楽しそうだ。……俺はそれを見ているだけで楽しい気分になれる。

中学の頃に学習した。俺があそこに入ろうとすると、空気が乱れていくのを感じた。視線が怖かった――何を話していいかわからなかった。

物理的に近くにいるのに……距離《きょり》がすごく遠く感じた。

――あれは壁《かべ》だったんだな。

それに、俺には趣味《しゅみ》がない。ゲームもしないし音楽も聞かない。漫画や小説だってほとんど読んだことがない。家に帰っても運動してるか、勉強しているだけである。

共通の話題か。

昼の田中の事を思い出す。

……もう少し色々経験してみる必要があるか。でも、それでどうやって仲良くなれるんだ？　クラスメイトは俺に話しかける時は敬語であった。道場だけが唯一《ゆいいつ》普通《ふつう》に話しかけてくれる存在であった。

俺は田中と花園とはどうやって仲良くなれたんだ？　自分の事ながら謎《なぞ》だ……。

だが、みんなと仲良くなる必要があるのか？　別に一人で生きていくのは困らない。そんな事を考えると、少し寂《さび》しい気持ちになってしまった。

わかってる、俺は今のままじゃ駄目《だめ》だ。少しずつ成長しなきゃいけないんだ。クラスのリア充になんてならなくていい。普通を目指すんだ。

俺はクラスの喧騒《けんそう》を横目で見ながら教室を後にした。

教室を出ると……そこには友達と一緒に廊下《ろうか》を歩いている花園の後ろ姿が見えた。

花園は友達と楽しそうに話している。花園の背中はどんどん離《はな》れていく。


――都合の良い男か……。


花園のおかげなんだろうな。俺がここまでイジメられずに普通に生活が出来たのは。それでも、彼女に対する好意は一瞬《いっしゅん》で消してしまった。

後悔《こうかい》は感じない。消えた感情は戻らない。


「せんぱーい!!　藤堂先輩《せんぱい》!!　聞こえてますか〜〜!!」

上履《うわば》きからローファーに履《は》き替《か》え、中庭から外へ出ようとした俺は、顔見知りの後輩《こうはい》である笹身美々《ささみみみ》と出くわした。

「ああ、笹身か。今日も元気だな」

「はい!!　もちろんっす！　今日も部活張り切ります！　大会も近いんで！　へへ、先輩《せんぱい》のおかげで今度の大会は絶対勝てるっすよ」

笹身は陸上部に所属している。

俺が朝のジョギングの時に出会った女の子であった。俺の前を走っていた笹身を抜かしたら、むきになって追いかけてきた。その時は笹身の事なんて気にもせず走り続けた。日課のジョギングを終えた時、笹身は息を切らしながら俺に言った。


『なんでそんなに速いんっすか⁉　陸上部っすか？　そのジャージってあの高校っすね？　美々も推薦《すいせん》受験する予定っすよ！　先輩、フォームもすごく綺麗だし……息も切れてない。化け物っすか⁉』

『……部活してない。これはただ日課のジョギングだ』

『ぜ、絶対嘘っす！　その速さ、ただ者ではないっす……。あ、あの、美々は高校でも陸上する予定なので、もしよかったらまた一緒に走ってくれないっすか？　美々の師匠《ししょう》になって下さい！』

『そ、それは、別にかまわないが……』

こうして俺と後輩である笹身との親交が始まった。

といっても本当にただ走るだけ。走り終わった後は、フォームや筋肉の付き方のチェックや、トレーニングの組み立てをしてあげるだけだ。

俺《おれ》は妹が出来たみたいで嬉しかった。

笹身はいつも元気で、一生懸命《いっしょうけんめい》で可愛《かわい》らしかった。高校受験に成功した時はささやかなプレゼントを渡《わた》した。笹身が欲《ほ》しがっていたメーカーの運動靴《うんどうぐつ》である。

高校に入った笹身はどんどん成長して、一年生ながら大会に出場する事が出来た。

俺はそれが自分の事のように嬉しかった。

良くも悪くも自分の欲に忠実な笹身は、先輩である俺に対して遠慮《えんりょ》が無かった。陸上にかける情熱は本物であった。


「今から部活か？　オーバーワークには気をつけろ」

「えへへ、わかってるっすよ！　あっ、先輩、大会見に来てくれるんすか？　来てくれたら嬉しいっす！」

「善処する……」

「なんすか、その返事は！　ちゃんと見に来てくださいね！」


俺と笹身は中庭を歩きながら会話をする。

学生の当たり前な日常。それだけで俺には特別なものに感じる。

先の予定が埋《う》まる。なんだか嬉しい気分になった。笹身はきっと優勝できるだろう。あんなに頑張《がんば》って練習しているんだから。

ふと、前を向くと、ジャージ姿の男子生徒がこちらに向かってきた。

笹身を見ている。確か彼《かれ》は……。

「おう、笹身、こんなところでどうした？　早く部活行くぞ」

笹身に声をかけたのは、俺の隣のクラスの清水八景《しみずはっけい》だ。陸上部エースでありイケメンで、友達も多くて、気さくで話しかけやすい彼は真のリア充である。

素直に素晴《すば》らしい事だと思う。対人コミュニケーションに優《すぐ》れた人間は尊敬に値する。

彼に話しかけられた笹身はなぜか狼狽《ろうばい》していた。

「清水先輩⁉　は、はひ……い、行きまっす！」

笹身の顔は真っ赤であった。

俺は空気は読めないが、気配りができる男である。

なるほど、笹身は彼の事が好きなんだな。俺は一旦《いったん》ここを離れた方が……。

嬉しそうな笹身の姿を見ると、俺も嬉しくなってくる。笹身には幸せになって欲しい。

俺は笹身に目配せをして、立ち去ろうとした。が、清水は俺に話しかけてきた。その目にはなぜか怒《いか》りが湧《わ》いていた。

「――君が藤堂だな。……初対面でいきなり悪いが、なぜ華さんを傷つけた？　俺は君を許せない」

――話がわからない。俺と彼は初対面である。なんで花園の事を彼に言われなきゃいけないんだ？　彼は評判の良い人ではなかったのか？　その敵意はなんだ？

頭が混乱する。なんて返していいかわからない。

「藤堂、聞いてるのか？　俺は怒《おこ》っているんだ。あんな悲しそうな顔をした華さんを……くっ……、――ところで、君はうちの部員と何してる？　おい、笹身どういう事だ」

怒りを通り越《こ》して、清水から憎《にく》しみの感情が感じられる。

なぜ花園さんの事で俺が憎まれなければならない？

彼は部外者だろ？　もしかして……

「清水は花園さんの事好きなのか？」

「な、何を言っている!?　お、俺はそんな目で華さんを見ているわけじゃない！　貴様、俺をバカにしてるのか！」

「い、いや、バカになんてしてない」

「貴様は何様のつもりだ？　華さんを泣かせやがって……。それに初対面の俺に敬語も使えないのか？」

「ど、どういう事だ？　俺と清水は同学年で同等な関係だ。意味がわからない……」

「うるさい、黙《だま》れ」

――ああ、彼は確かに良い人なんだろう。自分の友人と思った人にだけ良い人なんだ。敵である俺には容赦《ようしゃ》しない。

「し、清水先輩！　ぶ、部活いきましょう！　ほら、ランニングすれば――」

「だから、こいつは笹身の何なんだ？　知り合いか？　まさか、恋人《こいびと》なの、か？」

「いやいやいやいやいや、違いますっ！　ただの――」

笹身は清水君に首ったけだ。すごくわかりやすい。純粋《じゅんすい》な好意を見ると青春って感じがする。

俺は笹身のためにその場を離れたかった。だけど、清水は止まらない。

「ただのなんだ？　正直、こんな不愉快《ふゆかい》な奴の知り合いだったら俺は幻滅《げんめつ》する」

笹身は俺をチラリと見て――ため息を吐《つ》いた。

諦《あきら》めにも似た表情をしていた。俺はその顔を見たことがある。人がなにかを切り捨てるときの顔だ。

何度も見たことがある。俺はその度《たび》にリセットを繰《く》り返した。

「……ふう……はいっ、美々はこんな人知りません！　ちょっと声かけられただけっす！　わ、私は清水先輩一筋ですから！」

笹身の一言一言が俺の胸に突《つ》き刺《さ》さる。

だが、これは仕方ない事だ。笹身は陸上部、この男は陸上部のエースで先輩である。狭《せま》い集団の力関係は難しい。ましてや一年生である笹身が清水から嫌《きら》われたら大変な事になる。

笹身はこうやって言えば、その場が収まると思ったのだろう。

だから、俺が耐《た》えればいい。笹身の本心じゃないとわかっている。田中の言葉を思い出す。流せばいいんだ。

「ていうか、最近付きまとわれて困ってたっす！　朝練にまで付けて来て、超怖《ちようこわ》かったっす」

「――何⁉　警察に突《つ》き出すか？」

「いえいえいえいえ、清水先輩のおかげでもう大丈夫《だいじょうぶ》っす！　ほら、清水先輩、行きましょ！　美々は次の大会絶対優勝しますよ！　へへ……」

にやけた笹身は清水の腕を取って俺のもとから立ち去ろうとする。俺は見守る事しか出来なかった。

笹身は清水先輩に何か言って、俺のところに引き返して来た。

笹身は複雑な顔をして俺の前に立つ。

「……すみませんっす。でも先輩が清水先輩に嫌われているなんて知らなかったっす。言ってくれればよかったのに。ちょっとムカつくっす。美々の評価が落ちるっすよ」

「笹身？」

「それに先輩って女の子を泣かせたんすか？　最低っす」

「何を言って……」

笹身の声は先程《さきほど》までとは違い、低く、暗く、嫌な響《ひび》きを含《ふく》んでいた。

俺は笹身の変わりように戸惑《とまど》ってしまい、言葉が発せなかった。そして、笹身は清水君に聞こえるような声で俺に言い放った。

「――もう二度と美々には近づかないで欲しいっす！」

――ごめん、田中。俺には流す事なんて難しいよ……。今度やり方を教えてくれよ。

自分の拳《こぶし》を強く握《にぎ》りしめ、心の痛みを抑《おさ》えようとする。歯を食いしばり何かに耐えようとする。だけど、物理的な痛みでは抑えられない。

俯《うつむ》いた視線の先には自分のボロボロの革靴が見えた。

休みの日に、笹身と一緒《いっしょ》に買った革靴。

『先輩、その穴あきスニーカーで通学してるんすか？』

『美々が選んであげるっすよ！　やっぱローファーがかっこいいっすよ！』

『先輩、スタイルがいいから似合うっすよ！』

『か、革靴で走っちゃ駄目っすよ⁉』

笹身と出会ってからの一年、その思い出が走馬灯のように脳裏《のうり》によぎる。一年間でボロボロになってしまった革靴。

まるで今の俺の心を表しているみたいであった。

――新しい靴《くつ》を買おう。今度は歩きやすいスニーカーにしよう。だから、笹身への気持ちを全部消してしまおう。

目を閉じて視界から革靴を消す。痛む心の箇所《かしょ》を取り除くように、俺は精神を集中させる。

そして――

俺は笹身に対して抱《いだ》いていた――妹のような愛情を――『リセット』した。

目を開けると、愛着があったボロボロの革靴が、変哲《へんてつ》もない靴に見えた。チクチクした胸の痛みが消えてなくなった。

笹身に対して感情がフラットになった。

眼の前にいる笹身を見ても何も感じない。心は冷たいままだ。ただの赤の他人だ。

「ああ、この一年間、毎朝練習に付き合ったのにその言葉はひどいな。……二度と近づくなか……、笹身さん、今朝も重心が少しずれていた。昔の怪我《けが》をかばう走り方はやめた方がいいと思う。もう治っているんだ。これが最後のアドバイスだ」

「――せ、先輩⁉　こ、声が大きいです！　清水先輩に――」

「……もう二度と関わらない」

「はっ？　な、何言ってるんすか！　べ、別にこっちから頼《たの》んで教えてもらったわけじゃないっす！　超《ちょう》ムカつくっす……」

清水は俺に近づく。存在を忘れていた。

「お前、やっぱり笹身に近づいてたんだなっ！　気持ち悪い奴め」

「俺はアドバイスをしただけだ。笹身が勝手に俺に教わっていただけだ」

「そんなの信じられるか！　確かに最近笹身は速くなったが、それは俺の指導の賜物《たまもの》だ‼」

「そ、そうっすよ……し、清水先輩のおかげっす……」

笹身は苦い顔をしていた。自分では理解しているのだろう。朝のトレーニングの効果を。

俺は無言でこの場を去ろうとした。

もう俺には関係ない人たちの事だ。

これ以上関わる必要がない。

「おい、待てって言ってんだろ‼　藤堂っ⁉」

俺の肩《かた》をつかもうとする清水の腕《うで》を躱《かわ》す。中庭を越《こ》えて、グラウンドに向かって走り出した。


自分でもなんで走り出したかわからない。そのまま家に帰れば良かったじゃないか？

それでも俺の足は止まらない。

何かの衝動《しょうどう》を発散するように。

後ろから清水と笹身が追ってくる気配がする。

俺は構わず走り続ける。

後ろをチラリと振《ふ》り向くと、ジャージで運動靴を履いている清水は本気で俺を追いかけてきた。

確か長距離《ちょうきょより》のエースだったな？

俺は無心で走り続ける。ボロボロの革靴が俺の走りに耐えられそうにない。壊《こわ》れても構わない。

グラウンドで部活をしている生徒たちがざわめき出した。


「なんで制服で走ってんの？」

「あれって清水さんだよな！」

「清水さん結構マジで走ってね？　ていうか……あの制服野郎《やろう》……速くね？」

「おい、二周目突入《とつにゅう》してんぞ！　タイマーもってこい!!　あれマジで速えぞ!!」

俺は何かを削《そ》ぎ落とすように——走り続けた。

心はフラットになったはずだ。

なのに——モヤモヤが消えない。

俺は笹身の言葉を流せばよかったのか？　心を傷つけて——痛みを抱《かか》えながら憎しみを受けるのか？

リセットをしたから、心は何も痛くない。俺と笹身の関係は終了《しゅうりょう》した。

話し合う余地なんて無かった。一方的な宣言で終わった。

なにも気に病《や》むことなんてない。

だけど──

だけど、俺は走るのをやめられなかった。


「マ、マジかよ……、清水が半周遅《おく》れだぜ？　あいつ……インターハイ出たんだぞ」

「あの制服野郎《やろう》誰《だれ》だよ！　誰か知らねえか!!　ていうか、なんでグラウンド走ってんだよ⁉」

「タイムは⁉　──う、嘘だろ……俺間違《おれまちが》えたか？　革靴だろ」


俺が花園の事をリセットしなかったら清水君は俺に対して憎しみを向けなかったのかも知れない。……人との関わりの積み重ねが感情を構築するのか。

おかげで笹身との縁《えん》も切れた。だが、この程度で崩壊《ほうかい》する人間関係なんて必要ないのかもな。

あいつは俺を利用していただけだ。そんな事を思っても悲しくもならない。心は空虚《くうきょ》だ。

俺はグラウンドを飛び出して、学校の外へ向かう。それでも俺は走り続けた。

——俺を止める者は誰もいなかった。

もう関係ない人間の事なんて考える必要ないんだ。


——田中、学校って本当に難しいよ。


珍《めずら》しく汗《あせ》が止まらない。顔の辺りからだ。

たまにはそういう体調の時もあるだろう。

心は落ち着いているから大丈夫だ。大丈夫なはずだ。

あっ、そうだ、明日から早朝ジョギングをやめる必要がある。ルートを変えたとしても会う可能性もある。

俺は淡々《たんたん》と自分の予定を考えていた。そうしないと、頭の中に余計なものが生まれそうであったからだ——


革靴が俺の走りに耐えきれなくなり、底が外れてしまった。

俺は立ち止まり地面を見つめる。

革靴を捨てようと思ったのに——何故《なぜ》か捨てられなかった。

第五話【名前を知らない女の子】

壊れた革靴を片手に、商店街の靴屋さんへと向かう。歩いていたら精神は落ち着いた。もう何も問題ない。

商店街には学園の生徒たちがいたるところにいる。

他の学校の生徒たちも多い。コンビニの前でたむろしている鶏《にわとり》みたいな髪型《かみがた》や金髪《きんぱつ》の生徒もいる。

花園から教わったが、彼らは不良という存在で、アウトローを気取っているみたいだ。

俺にはあまり理解できない事だ。

ここはスラムでもなんでもない。比較的裕福《ひかくてきゆうふく》な住宅街である。

「んだよ、あいつ靴履いてねえじゃん」

「マジでだせえな」

不良たちの視線は俺に向けられている。特に気にする必要はないだろう。そんな事よりも早くスニーカーを買いたい。……どんなものを買えばいいのだろうか？

正直、俺は身につけるものを選ぶセンスはない。花園に何度ダサいと言われた事か。

ふと、不良たちの足元を見る。なんとカッコいいスニーカーを履いているではないか。

なるほど、あのような形のスニーカーを買えばいいんだな。

もう少し近づいてスニーカーを確認《かくにん》したい。

俺はコンビニの前にいる不良に近づくのであった。

「あん？　なんだてめえ？　喧嘩《けんか》売ってんのか？」

「つーか、うぜぇからどっかいけよ」

そのスニーカーをどこで買ったか聞いてみたい。しかし、知らない人に話しかける勇気が出ない。

むむ、とりあえず形を記憶《きおく》に留《とど》め、同じようなスニーカーを買うか。

「無視してんじゃねえよ!!　ああん、こら！」

不良の一人が俺の肩を掴《つか》んで押《お》してきた。特に気にすることはない。よくあることだ。せっかく向こうからスキンシップを取ってくれたのだから、勇気を出して聞いてみよう。

「そのスニーカーのメーカーはなんだ？　教えてくれ」

「……は？　な、なんだこいつおかしいのか？」

やはりコミュニケーションを取るのは難しい。不良は教えてくれない。

「おい、まて。こいつって、姫《ひめ》が話していた藤堂ってやつじゃねえか？」

「あ、あん？　こいつがあの『藤堂』だと？　嘘だろ？　超陰《ちょういん》キャじゃねえかよ！」

「バカッ！　姫が描《か》いた似顔絵そっくりだろ？」

「言われてみりゃ……」

「すまないが、スニーカーのメーカーを教えてくれ。お礼に飴《あめ》ちゃんをあげよう」

不良は俺の肩から手を放し、気難しい顔をしている。一体なんなんだ？　なぜこうも会話がうまくいかない。俺の顔が変なのか？

その時、コンビニから派手な洋服を着た女の子が出てきた。不良の一人が「あっ、姫、こんちはっす‼」と声をかける。

これ以上人が増えてもどう対応していいかわからない。焦《あせ》ってしまう。

「うっせえよ、てめえら。あーしはこれからシュークリーム食べながら……、へっ？」

派手な服の女の子と目があった。どこかで見たことがある女の子だ。しかし、こんなケバケバした女の子と話した記憶はない。

もしかしたら俺が無くした記憶の中にあるのかも知れないが。

田中よりもメイクが濃《こ》い。目元がばっちりと決まっている。なるほど、遠くからでも目立つ舞台《ぶたい》メイクみたいなものか。

俺には到底《とうてい》理解できないハイファッションの洋服を着ている。肌の露出《ろしゅつ》が気になるが、見なければ問題ない。

しかし、なぜ顔が赤いんだ？

「と、と、と、藤堂⁉　あ、あーし、あんたに会いたくて……」

「すまない、随分《ずいぶん》と顔が赤いが何か持病でもあるのか？　よかったら腕の良い医者を紹介《しょうかい》できるが」

「ち、違《ちが》うって！　まさか覚えてないの？　てか、どうでもいいっしょ！　えっと、藤堂はいま何してんの？」

「俺か？　俺はカッコいいスニーカーを買おうと思って、彼が履いているスニーカーのメーカーを聞きたかっただけだ」

「うん、了解《りょうかい》！　あーしが一緒に選んであげるっしょ！」

なにやら不可解な事が起きている。

この子はなぜこんなにも俺に親切なのか？　俺が女性から街で話しかけられるのは、絵画の売り込みか宗教の勧誘《かんゆう》しかない。

……清々《すがすが》しい笑顔《えがお》をしている。きっと悪い子じゃないだろう。

「しからば、よろしく頼む。連れの不良君はいいのか？」

俺がそう言うと、すでに不良たちはこの場からいなくなっていた。

「うん、別にいいっしょ。じゃあ付いてきてね！」

腕を掴まれた。姫と呼ばれた不良の女の子からはラベンダーみたいな匂《にお》いを感じる。その匂いを嗅《か》ぐとなんだか心が落ち着いた。

こうして俺と姫は靴屋さんへと向かったのであった。

「毎度ありがとうございました!!」

カッコいいスニーカーは簡単に手に入った。姫のセンスは中々良いものがあった。ボロボロの革靴は店員さんに渡して処分をしようとしたが、直前で思いとどまった。

直せばまた使えるかも知れない。

革靴は袋《ふくろ》に入れてもらい、家に持って帰る事にした。


俺と姫はその後も何故か二人で商店街を歩く。

妙《みょう》に距離が近いのが気になるが、きっと姫の距離感というものなんだろう。

「スニーカー、超似合《ちょうにあ》ってるっしょ！　てか、本当にあの頃《ころ》と変わってないね……」

「む、すまない。君と出会った記憶が全くない」

「えーー、あんな事が起きたのに？　超ヤバかったっしょ」

姫の顔が少し暗くなる。俺たちは知り合いだったのか？

「中学の時の事覚えてない？　あーしが半グレに攫《さら》われた時あんたが助けてくれて」

「すまない、意味がわからない」

「学校の時とは雰囲気《ふんいき》が全然違ったけど、あれはあんただったっしょ」

「人違《ひとちが》いではないか？」

「……ねえ、あーしとあんたが中学の時はクラスメイトだったたって事も忘れちゃった？」

「……なんと」

中学の時は悲しい事が多すぎた。もしかして、リセットを失敗して、記憶を消去してしまったのかも知れない。

記憶に無いから覚えていない。だが、よくある事なので可能性は高い。

俺が困った顔をしていると、姫は引きつった笑みを浮かべていた。

無理しているのだろうか？　これは俺のせいなのか？

「ううん、やっぱ気にしなくていいっしょ！　えへへ、これはただのあーしの自己満足」

「そうか、なら気にしない事にしよう」

「ふぁっ!?　やっぱりちょっとは気にしてよ！」

「ど、どちらなんだ？」

女心はとても難しい。少しの会話しかしてないが、俺の頭を混乱させる。全く内容が理解できないものであった。

商店街の坂を下り終えた俺たちは駅前に着いた。

「中学の時はあんたは変人としか思えなかったっしょ。見ててすごく痛かった。だから、あーしたちも嫌《いや》な事をしちゃったんだよね」

「あの頃は今よりも普通《ふつう》というものがわからなかったからな。花園がいなければもっとひどかっただろう」

「花園ね……。うん、あの子がいるもんね」

「もう友達ではないが、とてもいい子である」

俺がその言葉を言った時、姫は少し強い言葉を放つ。

「はっ？　あんたまさか……。絶対それは駄目っしょ⁉　あーしの事なんて忘れていいから、花園だけは……」

「む？　花園とは無関係になっただけだ。忘れていないぞ」

姫は悲しそうな目で俺を見つめていた。

「そんなの、悲しいよ……」

それがどういう意味なのか俺にはわからない。姫は真剣《しんけん》な表情で俺に何かを伝えようとする。だけど、言葉が出てこないのか、口をモゴモゴさせるだけであった。

何故この娘《こ》は泣いているんだ？。

俺の腕を掴んでいる姫の手は震《ふる》えていた。

だけど、俺の心には何も響かない。何故だろう？

その時、雑居ビルのコンビニから出てきた男に怒鳴《どな》り声を浴びせられた。

「おいっ‼　てめえ何してんだ！　こいつを泣かせたのか！」

短髪《たんぱつ》のジャージ姿の男。服の上からでもわかる良質な筋肉。運動に長《た》けている体格だ。

そんな彼が俺に向かって怒鳴っている。

俺は困ってしまった。

「こ、これは、その……」

「ちょっと、夏樹《なつき》、勘違《かんちが》いしないでよね！　別に泣いてなんかないっしょ！」

「うっせ、お前は黙ってろよ、泣いてんじゃねえかよ！」

「な、泣いてないもん！」

二人は顔見知りなのだろう。

今度は二人が喧嘩を始めてしまった……。

どうやら、俺が姫を泣かせたと勘違いして、彼は怒っているんだ。彼にとって姫は大切な人なんだろう。

誤解は姫が解いてくれるだろう。

「だから、前から言ってるでしょ！　憧《あこが》れの人がいるってさ！　てか、幼馴染《おさななじみ》だからって気安くしないでよ！」

……それは俺の事を言っているのか？　そんな事を言ったら彼がヒートアップするではないか。

「あん？　俺はお前が心配なだけだっつーの！」

「ていうか、嫉妬《しっと》してるだけっしょ！」

「ちげえよ!!　俺はガキに興味ねえよ」

どうやら複雑な関係みたいだ。面倒《めんどう》だから俺はここから逃《に》げよう。

帰ろうとしたら彼に腕を掴まれた。

彼は鬼《おに》のような形相で俺を睨《にら》んでいた。

「てめえ、勝手に帰るんじゃねえよ。少し遊んでやるよ」

「いや、家で勉強をしなくてはならない。遊んでいる暇《ひま》はない」

「いいからこっち来いや」

彼の腕の力が強くなる。一体どんな遊びをするのだろうか？

いや、まて。もしかしたら俺の知らないすごく楽しい遊びかも知れない。ならそれもまた構わないか。

「了解した。それで俺はどこに行けばいい？」

「あ、ああん？　んだ、こいつは？　まあいい、このビルの上にあるボクシングジムで遊んでやるよ」

「夏樹!!　やめてよ！　あんたプロでしょ」

「はっ？　遊んでやるだけだっての」

ふむ、遊ぶだけなら大丈夫だろう。

「よくわからないが、別に構わない」

「駄目《だめ》っしょ!!　夏樹はボクシングの日本ランカーっしょ！　夏樹、あんたがガキじゃないの!!」

「うっせえ、お前は黙ってろ」

俺は彼に言われるがまま、エレベーターに乗り込《こ》んで上の階に向かうことになった。

ボクシングというスポーツは知っている。ルールも頭の中に入っている。だが、経験するのは初めてだ。

あまり暴力的な遊びは好きじゃない。スポーツだと理解しているが、未経験者をリングに立たすものではないだろう。

誰も俺たちを止めるものはいない。俺を体験入学者として捉《とら》えている。

グローブをつけてリングというものに初めて上がった。リングの床《ゆか》は意外と固い。狭いかと思ったがちょうど良い広さである。

姫はリングの外から心配そうに俺を見つめている。

俺と向かい合っている夏樹と呼ばれていた彼は俺を見据《みす》えている。だけど、力の抜《ぬ》け具《ぐ》合《あい》でわかる。彼は俺と本気でボクシングをするつもりはない。

「次のブザーが鳴ったら始めるぞ」

「うむ、楽しませてくれ」

「こ、こいつ……。はぁ、まあいい、俺もリングに上げるのはやりすぎたと思った。マジで適当に遊ぶからパンチ打ってこい」

ブザーが鳴り、彼は構えた。どうやら本当にパンチを打つ気はないようだ。

「おい、体験野郎！　適当にパンチ打っていいぞ！　どうせ当たらねえから試《ため》してみろよ」

ジムのマスターであるおじさんが大きな声を上げている。どうやらここのジムのマスターは口が悪いようだ。

俺はいつもこうだ。何か誤解を受けて、間違《まちが》えた言動をして、怒りを向けられる。

ここ最近は色んな事がありすぎた。

思い出しても感情はなくなったからどうでもいい。それでも、何か胸の奥《おく》ににごりのようなものを感じる。

「お前も男ならパンチ出せよ。ったく、しゃーねーな」

夏樹氏はステップを踏《ふ》んで軽くパンチを出す。当たる距離《きょり》ではなかった。俺《おれ》は微動《びどう》だにしなかった。当たらないとわかっているパンチを避《よ》ける必要はない。

「……んだ。妙な感じだな」

彼の手数が段々と多くなり、踏み込みも鋭《するど》くなる。しかし、当てようとするパンチではない。

当たりそうなパンチはブロックをする。

しかし、本当にパンチを打っていいものやら……。

「……経験者か？　ボクシングの動きじゃねえな。……もう少し強く行くぜ」

夏樹氏の動きはとても素晴らしいものであった。フットワークを巧《たく》みに使い、力強《ちからづよ》いパンチのコンビネーション。本気で当てるつもりはないから避けるのは簡単であった。

先程の口調とは裏腹に、ボクシングに誠実に向き合っているのだろう。

「おいおい、夏樹ーー！　お前が当てられなくてどうすんだ！　少し本気出せよ‼　練習サボってんから駄目なんだ！」

「うっせっ‼　黙ってろや！」

どうやら夏樹氏も口が悪いみたいだ。ジムのマスターに言われたからか、彼《かれ》の動きが更《さら》に鋭くなる。フェイントを織り交ぜてのパンチ。ジム内がざわついているのを感じる。目立つのは好きじゃない。

「おいおい、おかしくね？　夏樹さん本気でやってねえか」

「お前あれ避けれる？　俺は無理だぜ」

「はっ……、経験者装《よそお》った見学者ってことか？」

「でもよ、夏樹さんだぜ？　ランカークラスじゃねえと無理だろ」

「流石《さすが》に手抜いているだろ」

「……ていうか、あの男の体幹やばくねえか。さっきから一発も当たってねえ」

「避けるのだけ得意な奴《やつ》か」

早く終わらせた方がいい。しかしこれはいつ終わるんだ？

……俺がパンチを打たなければ終わらないのか。夏樹氏はこのスポーツを誠実に鍛錬《たんれん》を積んでいる。俺も夏樹氏に誠実に向き合わなければ失礼にあたるだろう。

俺は今まで知識として持っていたボクシングの理論を身体に反映させる。

意識を切り替《か》えた――

「あんっ……、はっ？　が⁉」

左手に夏樹氏の頭を打ち抜く衝撃《しょうげき》を感じる。あまり暴力は好きじゃないが、これはスポーツだ。

ジム全体の空気感が変わったように感じられた。せっかく当てたのに、誰も褒《ほ》めてくれない。なるほど、難しいスポーツだ。

「おいおい、見えねえよ!?　あいつ見学者じゃねえだろ!!」

「やばいぞ、止めろ。夏樹さんがマジになっちまう。夏樹さんヘビー級だぞ!?　体格差がやべえ」

夏樹氏は呆然《ぼうぜん》とした顔で俺を見ていた。が、すぐに雰囲気が変わる。

なるほど、先程までと動きが全く違う。

夏樹氏が繰り広げるパンチの連打を躱す。隙《すき》がある場所に俺はパンチを叩き込む。スポーツだから壊してはいけない。急所を打ってはいけない。

荒《あら》い息遣《いきづか》いがこちらにまで聞こえてくる。

しばらくすると、夏樹氏はリングに倒《たお》れ込んでしまった。

ふむ、これが夏樹氏の言っていた遊びというものか。やはり暴力的な遊びは好きになれない。

「おいっ！　救急箱持って来い！　脳震盪《のうしんとう》起こしてんぞ！」

「リングから下ろすな！　寝《ね》かせて休ませろ！　誰かあいつのグローブに仕込《しこ》みやがったな！」

「夏樹、なんでヘッドギアしてねえんだよ⁉　ていうか、てめえ素人《しろうと》じゃなかったら先に言えや‼」

「てめえ出てけよ！　ふざけんじゃねえよ⁉　どこのジムの所属だ？　ぜってえ許さねえぞ」

「来月はタイトル戦があるんだぞ……。夏樹、おい、しっかりしろよ……。お前はチャンピオンになるんだろ……。世界取れる器《うつわ》なんだぞ、ヘビー級で初めて世界チャンピオンになるんだろ」

「ただの遊びだから壊していないはずだ。すぐに意識を取り戻《もど》すだろう」

俺の言葉を誰も聞いていない。

敵意の視線が俺を貫《つらぬ》く。自分の心に冷たいものを感じる。

なんでいつもこうなるんだろう？　中学の時もそうだ。頑張《がんば》って、張り切って、全力を出そうとすると、敵意を向けられる。不正を疑われる。

遊びだから大丈夫だと思った。

リングの上に寝ている夏樹氏を見ると、胸の奥から罪悪感が湧《わ》いてくる。

また間違えてしまったんだ……。

「夏樹っ!!　大丈夫？　しっかりするっしょ！」

夏樹氏に寄り添《そ》っている姫はとても心配そうであった。

この事態を引き起こしたのは俺だ。

姫をあんな顔にさせてしまったのは俺のせいだ。せっかく姫と仲良くなれると思ったが、もう無理だろう。


俺はリングから下り、グローブを無理やり外し、制服に着替《きが》える。

誰も俺の事は気にかけない。

姫に選んでもらったスニーカーを複雑な気持ちで靴紐《くつひも》を結ぶ。

どうして俺はいつもこうなんだ……。


俺は静かにジムを去ったのであった。

＊＊＊

「ちょ、待つっしょ！　藤堂っ!!　はぁはぁ……」

　エレベーターから降りたら姫がビルの入り口に立っていた。

　大粒《おおつぶ》の汗をかいて、息を切らしている。階段で先回りして一階まで来たのか？

「もうあんたと会えない気がしちゃったから急いで来ちゃったっしょ」

「すまない、君の大切な人を傷つけてしまった」

　姫から罵声《ばせい》を浴びせられると思った。それが俺の日常だ。どんなところでも俺は間違える。学園でも私生活でもバイト先でも――

「ううん、あれはあいつが悪いっしょ。てか、止めなかったあーしもね。ふぅ、ごめん、藤堂」

　まさか謝《あやま》られるとは思わなかったから、俺は驚《おどろ》いてしまった。

「傷ついてんのはあんたの方よ。あとでみんなに言っておくね。マジで素人をリングに上げて逆ギレって大人げないっしょ」

「しかし、俺は間違えて」

「ううん、あんたが間違えたんじゃない。みんなあんたにちゃんと向き合ってないだけっしょ」

今までで、こんな展開はなかった。俺が間違えて、怒《おこ》られて、心が苦しくなって毎日を送る。それが日常だと思っていた。

「あのね、藤堂はもう少し自信を持ったほうがいいっしょ。マジであんたはすごいんだから。花園もそれをわかってるって」

「なぜ花園の話になる」

「夏樹のせいで話の腰《こし》を折られちゃったけど、これだけは言いたいの。花園とちゃんと向き合って」

「君には関係ない事だ」

自信がないのは仕方ない。俺が世間知らずだからだ。

だが、花園の事は別問題だ。姫に言われる筋合いはない。

花園とは感情をリセットした。だからもう……。

「関係なくないよ！　そんなの、そんなの違うっしょ！　ずっと二人でいるのを見てたもん……。本当はあーしが隣《となり》にいたかったもん！　あーしが花園と代わりたかったもん！

でも、あーしは、あーしは……」


頭の中にノイズが走るような感覚。

この声を覚えている。この匂いを覚えている。

夏の暑い日。キレイな夕暮れ。二人で歩いた外堀《そとぼり》通り。泣き叫《さけ》ぶ不良たち。姫と手を繋《つな》いでいる俺。夜の繁華街《はんかがい》を走っていた。


知らない思い出が脳裏《のうり》に浮《う》かぶ。だが、それもすぐに消えてしまった。

「よくわからないが——善処しよう」

俺の精一杯《せいいっぱい》の返事だ。もしかしたらこの先、俺の心がもっと成長したら違った答えが出るのかも知れない。だが、今はこの言葉が限界であった。


それでも、姫は嬉《うれ》しそうにうなずく。

「うん、それがいいっしょ！　藤堂、あーしはあんたは超《ちょう》いい男って知ってるからね！　次会う時はちゃんと仲直りするっしょ！」

エレベーターに乗り込み手を振りながら俺に別れを告げる。

きっと俺たちの間に何かあったんだろう。
それが何か知る必要もない。
エレベーターの扉《とびら》が閉じてから、俺は手を小さく振って呟《つぶや》く。
「……名前、教えてほしかった、な」
宙に上げた自分の手を見つめる。
胸の奥の濁《にご》りが幾分《いくぶん》か和《やわ》らいだような気がした。

第六話【友達だった幼馴染】

俺は今日も新しいスニーカーを履《は》いて学校へと向かう。革靴《かわぐつ》は押し入れの中に入れてある。あの日から一週間が過ぎた。俺は家に帰ると必ずスニーカーを拭《ふ》くようにしている。

新しいルーティーンが出来た。スニーカーを拭いていると、あの日の姫の気持ちがわかるような気がする。

……気がするだけで、本当は理解していないが。

家から学園までゆっくり歩いて三十分。走ると五分弱で到着《とうちゃく》できる。

朝の空気が好きだ。爽《さわ》やかな気持ちになれる。

通学ラッシュの時間帯なので狭《せま》い通学路には学生が溢《あふ》れていた。

登校中の空気感が好きであった。みんな同じ目的の学園を目指して歩く。オリエンテーリングみたいだ。ウキウキしてくる。

「おはよーー！　みきちゃん、髪型変えたの!?」

「うふ、わかる？　大人っぽいでしょ？」

「やっべ、朝練遅刻《ちこく》した!?」

「ふわぁ……ねみ」

「ねえねえ昨日のドラマ見た？　超カッコよくなかった!!」

「学校だりいな……」

「特別クラスの女の子がさ――」

生徒たちは俺には真似《まね》できない小気味好《よ》い会話を繰《く》り広げている。頭の回転が速いんだろう。俺には難しい。

そういえば、変わった事がもう一つある。ルーティーンの朝のジョギングはやめた。その代わり夜のランニングに切り替えた。

ゆっくり走る必要がなくなった。もう笹身に合わせる必要がない。

俺は笹身の態度の変わりようにひどく驚いた。

この一週間で彼女《かのじょ》の気持ちをわかろうと努力したが、無理であった。好意とはなんだろう？　そこまで清水君に魅力《みりょく》があるのか？　……若い子の考えがわからない。俺は幼馴染である花園に好意を持っていた。感情をリセットしたから好意を思い出せない。

なんにせよ、もう関係ない事だ。笹身も花園も赤の他人だ。

うん、胸は痛まない、心はいつも通りフラットである。だが、姫の言葉が脳裏に浮かぶ。

――仲直りをしろ、か。

別に喧嘩をしたわけじゃない。距離感が遠くなり関係性が無くなっただけだ。

学校に近づくに連れて学生が多くなる。

見知った顔が増える。

ただ、それは俺が知っているだけで、向こうは俺と話したことがない。

みんながグループにいるのに、俺だけ独りぼっちだ。

いつからだろうか？　それに寂《さび》しさを覚えたのは。

胸がキュッとなるんだ。


——同じクラスの佐々木《ささき》君。田所《たどころ》さんに山田君。剣崎《けんざき》君と橋池《はしいけ》さん、斎藤《さいとう》さんに山口《やまぐち》君。

あっ、田中っ……。

「よーっす！　藤堂この時間なの？　私早く来すぎちゃったじゃん」

「あ、ああ、おはよう、田中」

あくびをしながらけだるそうに歩く田中に声をかけられた。突然《とつぜん》の事で硬直《こうちょく》してしまう。

田中は人目を気にせず俺に近寄って来た。

「で、どうなの？　連絡《れんらく》待ってたじゃん？　……、いつになったらカフェにつれてってくれるの？」

「あっ」

忘れたフリをする。だって、そうすれば温かい気持ちのままでいられると思ったからだ。

これ以上関係を深めると傷ついた時のダメージが計り知れない。

田中は俺の頭を軽く叩《たた》いた。

「マジで忘れてたじゃんかよ!?　ったく、ジュースの他にスイーツもおごってもらおっと！　ふふ、楽しみじゃん？　絶対忘れないでよね？」

何故か俺にとって田中は特別に感じられる。バイト先でお世話になっているからだろうか？　多分気の所為《せい》だろう。

交《か》わした約束は果たさなければならない。

「うむ、ぜ、善処する——あ、いや、今度のバイトの時までに決める。だから、れ、連絡《れんらく》先《さき》を、お、教えて、くれないか？」

女子の連絡先を聞く。それだけで恐《おそ》れおののく。変な言い方になっていないだろうか？　気持ち悪いと思われないだろうか？　いや、田中はそんな子ではない。きっと大丈夫《だいじょうぶ》だ。

「やっ、そういえば藤堂の番号知らんかったじゃん。えへへ、交換《こうかん》しよっ！」

ほとんど使わないメッセージアプリを立ち上げた。

花園とやり取りをする時くらいしか使っていない。アプリを見ると花園のメッセージが目に飛び込んできた。

『剛もう一度だけ話したいよ。お願い、返信頂戴《ちょうだい》』

俺はそのメッセージを放置していたんだ。

大丈夫、心には何も浮かばない——、なのに自分が悪いことをしている気分になった。

「なによ、使い方わかんないの？　えっとね、スマホを近づけると交換できるじゃん——」

田中が身体ごと俺に近づく。なんだろう、とても良い匂いがする。

優《やさ》しい匂いだ。……落ち着くな……。

「ちょっ、寝てんじゃないって⁉　おっけ、これで大丈夫じゃん！　——うん？　あれって花園さんじゃない？」

田中の身体がゆっくりと離《はな》れていく。少しだけ名残惜《なごりお》しく感じた。

俺は田中の視線の先を追う。

花園が道路を挟《はさ》んだ反対側の通学路を歩いていた。顔色が優《すぐ》れない。歩行速度もいつもより遅《おそ》い。ご飯を食べているか心配になる。病気になっていないか心配になる。怪我《けが》をしていないか心配になる。

——花園、なぜ今日は一人なのか？　いつも朝は友達と登校してたのに？

俺は立ち止まってしまった。

「あー、私は先行くじゃん。藤堂は花園さんのところへ行ってくるじゃん」

「し、しかし、もう関係」

「いいからいいから」

田中は俺を見つめて優しく笑いかけてくれた。お母さんみたいだ。——俺にはお母さんがいなかったから想像しかできない。周りの『大人』は冷たいものだと思っていた。

田中は俺の背中を強く押した。

足が勝手に花園の方へと向かう。

「じゃあね、藤堂っ！　また今度ね！　ふふっ、カラオケもおごってもらおっと♪」

田中は流行《はや》りの歌を口ずさみながら去っていった。

……すごく歌がうまくないか？

＊＊＊

向かいの歩道へと渡《わた》り、俺は花園と顔を合わせる。

お互《たが》い予期せぬ出会いである。

花園さんはなんとも言えない顔をしている。嬉しそうな、悲しそうな……悔《くや》しそうな……。

一度口を開きかけて閉じた。俺も言葉を発せないでいた。

――なあ花園、なんで一人なんだ？　一人じゃ寂しいだろ。

気になるけど……彼女に対しての好意は消えた――だから関係ない。

……それでは駄目だ。だから俺は子供なんだ、好意は消えたけど……今までの恩は消えたわけじゃない。全てをゼロに出来ない。

姫《ひめ》の言葉が心の殻《から》に小さなキズを付けたみたいに残っている。

田中が押《お》してくれた背中の感触《かんしょく》が残っている。一歩、先に進んでみるんだ。

俺たちは自然と通学路の脇道《わきみち》を入った。

大通りと違《ちが》って学校へ行くのに遠回りだから、歩いている生徒は少ない。花園とよく歩いていた道だ。

「なによ、もう私の事を嫌《きら》いになったんでしょ……」

「別に嫌っているわけではない。……感情をリセットしただけだ。なぜ花園は今朝は一人なんだ？」

違う、そんな事を言いたいんじゃない。寂しそうにしているから声をかけたんだ。心配したんだ。なぜ言葉が出てこないんだ？

「つ、剛には関係ないわよ……。って、ううん、ごめん、私、なんで素直《すなお》になれないんだろうね……。あんたが不器用な事も知ってるのにね。はぁ……、私、本当にダメダメよ」

「──俺のせいで」

言葉が詰《つ》まる。自分のせいにすれば楽なんだ。しかしそれでは前に進めないんだ。

これは俺と花園、二人の問題だ。自己完結は駄目な手段である。

会話をするんだ。相手の気持ちを考えるんだ。感情を消したとしても、興味が無くなったとしても。

「──何があったんだ？」

「大したことないよ。昨日友達と喧嘩《けんか》しちゃってね。……べ、別にあんたの事言われたから怒ったわけじゃないからね！　勘違いしないでよ」

「それは、なんと……、友達と元に戻れるのか？」

「うん、後でちゃんと話せば大丈夫だと思うよ。喧嘩なんかしょっちゅうだし――」

普通は話し合えばわかるんだな。田中の言ったとおりだ。

「そうか、よかった」

「……私、嫌な女だもんね。剛に嫌われても仕方ないよ」

「いや、それは――」

嫌いになったわけじゃない。淡《あわ》い好意というものが消えただけだ。俺の中で今までの思い出が、温かい感情が消えただけだ。

「いいの。私が悪いんだから――本当にごめんなさい」

「違うっ、悪いのは、お、俺だっ。俺が、リセットしたから――」

思わず大声を出してしまった。脇道で通学してる生徒も少数ながらいる。俺たちを好奇《こうき》な目で見る。あの目は好きになれないんだ。

駄目だ、花園に迷惑《めいわく》をかけられない。

中学の頃《ころ》から迷惑をかけ続けてきたんだ。これ以上は――

「ふふっ、不器用だけど相変わらず優しいわよね。今の剛からはすっごく壁《かべ》を感じるよ。中学で再会した時みたいに別人みたい……。赤の他人と話しているみたいだもんね。距離が恐ろしく遠く感じるの」

　彼女への好意はリセットしたはずなのに――

なぜか胸が苦しくなる。この苦しみの正体がわからない。好意を消したから悲しみはなくなったはずだ。

「剛、極端《きょくたん》だったもんね。あんたね、人の話も聞かないでおっちょこちょいで。でも私にも考える時間が出来たよ。……私思ったの――」

　花園は穏《おだ》やかな顔で俺を見ていた。

　その表情を見たら鼓動《こどう》が少し速くなる。

「――依存《いそん》していたのは私の方ね。……だってあんた優しいんだもん。なんでも言うこと聞いてくれて、私の事だけを考えてくれるし。うん……私がもっとあんたの心を成長させれば良かったんだよね。だって、あんたと話せるのは私だけだった。――私はそれに優越《ゆうえつ》感を抱《いだ》いていたのかもね」

　成長……してないか。確かに俺は中学の時とあまり変わっていない。高校になっても花園の世話になってばかりであった。

　花園は今――それを否定した。

「それは、俺が悪かったから――」

「ああ、もうっ！　悪くないの！　だって、藤堂剛だもん、それをわかってる私が変えようとしなかったの。……好意をリセット……、あはは、なんでだろう？　おかしな事なのに、私わかるもん。だって初めてじゃないもん」

花園は悔しそうに唇《くちびる》をかみしめていた。

「すまない――、うまく説明できないが……」

「ううん、謝らないで。悔しいのは過去の自分の馬鹿さ加減の事。私ラブレターだって……絶対剛が受け取ってくれるってうぬぼれがあったもんね……」

そうだ。俺は都合の良い男だったんだ。好意とともにその事実も薄《うす》れてしまっていた。過去の記憶《きおく》が鮮明《せんめい》に脳裏に浮かぶ。

無表情でつまらなそうな俺と、迷惑そうな顔をしている花園さん。

「……君は誰《だれ》だ？」「覚えてないの？　花園よ。……あんたの面倒を見ることになったの」「知らない人だ」「はっ？　冗談《じょうだん》はやめてよね。ていうか、約束、覚えてないの？」「約束など知らない」「あっ、そう」

冷え切った関係から再スタートした俺たち。時が経《た》つに連れて……俺達《おれたち》は関係を育《はぐく》んだ。

映画を見た後にアイスクリームを食べた。買い食いする時はお互い食べている物を交換っこした。転びそうになった花園を抱き止《と》めた。朝起きられないから、俺が電話で起こした。俺の口下手を直す為《ため》にたくさんお喋《しゃべ》りをしてくれた。おしゃれに無頓着《むとんちゃく》な俺の服を選んでくれた。わがままを聞いてあげないとむくれた。クラスメイトとの接し方を一緒《いっしょ》に考えてくれた。クラスの班決めであぶれてしまう俺を助けてくれた。人間関係でうまく行かない時は慰《なぐさ》めてくれた

——俺は二人で育んだ好意を一瞬《いっしゅん》で——消した……。

胸が痛む。なんだこの痛みは？　陰口《かげぐち》を言われた時とは違う。

苦しい……感情が抑《おさ》えられない。

後悔《こうかい》を感じないんじゃなかったのか？　もう関係ないんじゃなかったのか？

好意はない……それでも——

花園の穏やかな表情は笑《え》みに変わる。

それは、俺が好きだった顔だ。頭の記録にある。

花園の身体は小刻みに震《ふる》えて、いきなり自分の顔をパンッと叩いた。

「～～～痛……。うん、これで私も剛の事をリセットしたわよ！　あんたができるなら私だってできるもんね！　あはは、うん、思い出も全部忘れて……っ……好きな気持ちも……無くして……。まっさらな状態――」


そんな事できるわけ無いだろ……。

リセットなんて普《ふ》通《つう》の人ができるものか。


リセットしたならなぜ泣きべそをかいている？　なぜ悲しそうな顔をしているんだ？

そんなのリセットじゃない。感情を消すのがリセットなんだ……。

花園はは震える手を前に出した。

初めて会った時みたいに、冷たそうに見えるのに優しい気持ちが見え隠《かく》れする。

「――剛……一から……本当に一から友達になって下さい」


俺は自分の手で胸を強く握《にぎ》りしめる。

愛《いと》しさを感じない。だけど――俺の中の何かが暴れている。痛みがそれを抑える。

歯を食いしばる。口の中で血の味がする――

ああ、うまく喋れない自分がもどかしい。

俺はどんな顔をしているんだろう？

きっと、無表情なんだろうな――

だが、花園のその言葉を俺が待ち望んでいたようにも思えた。

「俺は花園への好意をリセットして――違う、そんな言葉じゃない……善処する――違う、俺は――」

花園は俺の事をじっと待っていてくれた。

身体はまだ震えていた。勇気を出してくれたんだ。

俺ももっと自分を素直に出せばいいんだ。

寂しい自分が嫌《いや》だったんだろ？　寂しそうな花園を見て胸が痛んだんだろ？

だったら――

「――また、友達に……なりたい」

震えている花園の手を掴《つか》んだ。なんてことはない、震えていたのは俺も同じであった。二人の手が重なった時、震えが止まったような気がした。

「うん、ありがとう。――今度こそ、私は剛に普通に青春を送らせてあげたい……」

花園は小声で『何度リセットされても諦《あきら》めない』と声を漏《も》らす。

そうだ、ここから始めるんだ。俺が大切だった幼馴染《おさななじみ》から聞いた陰口なんて吹《ふ》き飛ばしてしまえ、リセットしてから始まる関係だっていいじゃないか。

「ひぐっ……はは っ……なんで私……泣いてんだろ？　べ、別にあんたの、事、全然、好

きじゃ……、ひぐ。——ねえ、剛、今度は——友達いっぱい作ろうね。みんなでたくさん遊ぼうね……ひっく……」

胸の中で暴れていた何かが——治まった気がした。

俺は初めて、人との関わりが、こんなにも尊いものだと理解することが出来た。

俺は精一杯の感情を込《こ》めて、想《おも》いを込めて、決意を込めて、感謝を込めて——

「——俺、変わるよ。——花園」

俺が初めて花園と、他人と、向き合った瞬間《しゅんかん》であった——

第七話【隣の席の女の子】

小学校の頃は、教室に俺《おれ》以外誰もいなかった。

独りぼっちは慣れていた。その頃には幼稚園《ようちえん》の記憶なんて消えて無くなっていた。

それでも、時折脳裏に知らない光景が浮かぶ時がある。

泣いている女の子が『約束、忘れないでね……。大好きだよ。また、会おうね』と言っていた。

現実が夢かわからなかった。

そんな事よりも、俺は毎日を必死で生き抜《ぬ》くのに精一杯であったから。

＊＊＊

昼休みはいつもどおり一人で弁当を食べる。

今日は梅干しご飯に、鮭《さけ》の切り身、キャベツの千切りとキンピラである。

料理スキルが上がっている気がする。上出来だ。


お弁当を食べながら今朝の事を思い出す。

花園《はなぞの》の顔をまともに見たら、自分が恥《は》ずかしくなってしまったんだ。

俺は恥ずかしさを隠すために走って学校へ行ってしまった。

『え、え!?』という花園の声も聞こえたけど、後で話せばいいと思った。

友達ならいつでも話せる。

それに、小休憩《きゅうけい》の時に廊下《ろうか》で花園と話した。彼女は俺のリセットに慣れないようであった。

『……中学の時の剛だ』

何気ない俺の言葉に反応してしまう。

『う、ううぅ、わ、わかってたけど……キ、キツイわね……。だ、大丈夫、頑張る』

俺の好意を一切《いっさい》感じない、と言っていた。花園はそれは理解しているはずなのに、何故《なぜ》か悲しそうな顔をしていたけど、仕方ない。

俺たちの関係はこれからだ。

クラスメイトは楽しそうに友達と席を囲む。その中に俺が含《ふく》まれていないけど、仲が良いのは良い事だ。俺の気分も良くなる。

「よっし!!　飯にしようぜ！　山田、今日は購買《こうばい》か？」

「んあ？　姉貴が弁当作ってくれたぜ」

「俺は今日も唐揚《からあ》げ弁当だぜ!!」

「……いつも唐揚げだな……。唐揚げうまいしな」

唐揚げか……、そういえば食べたことがない。今度挑戦《ちょうせん》してみよう

そんな事を考えていたら隣の席の女子生徒が俺の方をチラチラ見ていた。

確か……、佐々木美樹《ささきみき》さんだ。クラスメイトの名前は全員覚えている。いつ話しかけられても大丈夫なようにしている。陸上部で最近伸《の》び悩《なや》んでいるという噂《うわさ》の彼女だ。

「あ、あの……藤堂君」

俺はとっさに声が出なかった。

佐々木さんとは一度も喋った事がない。名前を知っているからといってスムーズに会話をできるわけではない。

背中から変な汗《あせ》が出てきて顔が赤くなりそうだ。

「藤堂君、も、申し訳ないけど、後でその席使ってもいいですか？　今日、他のクラスの友達が来て……」

俺は理解するまで時間がかかった。

佐々木さんの周りには同じ陸上部の仲間たちがいる。……兵藤《ひょうどう》さん、隣のクラスの五十嵐《いがらし》君、水戸部《みとべ》さんに滝沢《たきざわ》君。

——いつも食べ終わって学校内を散歩するから別に構わない。好きに使ってくれていい。

佐々木さんも俺の行動を知っているから声をかけてきたんだろう。

佐々木さんに何か返事をしなくては。だが、うまく声が出せない。

早く何か喋らなくては。お弁当を早く食べなくては。頭が混乱する。

「す、すまない、少し待ってくれないか？」

もう少し柔《やわ》らかい声で話しかけたかった。出てしまった言葉は硬《かた》い声色《こわいろ》である。

「え、あ、そ、そうだよね……ご、ごめんなさい。も、もちろん、食べ終わってからでいいので……」

佐々木さんに謝られると頭が更《さら》に混乱する。

こんな大人数に見守られながらご飯なんて食べられない。

……こういう時は心を落ち着けるんだ。この子達はお願いしているんだ。仲良し陸上部でご飯を食べたいだけなんだ。別に移動するくらい問題ない。お弁当は残っているがすぐに中庭に行こう。

心臓がバクバクする。こんなにクラスメイトと喋ったのは、久しぶりであった。

「――問題ない」

「あっ……、そ、そんなに急がなくても……」

俺は弁当を素早《すばや》くバッグにしまい込んで肩《かた》にかける。たまには中庭で食べるのも悪くない。

天気もいいし気持ち良いだろう。すぐに移動したらきっと佐々木さん達も喜ぶ。

「あ、ありがとうございます……」

俺はチラリと佐々木さんの顔を見ると——彼女は何故か怖《こわ》がっていた。

「……なんだ、あれ、感じ悪いな」

「……バカ、五十嵐。聞こえるって——それに席譲《ゆず》ってくれたんだから悪いのはこっちでしょ？」

「いや、別に食べるまで待ってるって言ってんじゃん」

「あんたの態度が嫌だったでしょ」

「はっ？　意味わかんねえよ」

俺は席を立って中庭に向かおうとしたが、彼女たちの小声を拾ってしまった。

なぜ怖がっているんだ？　俺は席を快く譲っただけなのに？　……なぜ、陰口を叩かれているんだ？

勇気を出して聞くんだ。俺から関わりを作るんだ。花園と約束した。俺は前に進むって。

俺は踵《きびす》を返して佐々木さんに聞いてみる事にした。

「なあ、佐々木さん。俺って、そんなに感じ悪いのか？」

戻《もど》ってきた俺を見て佐々木さんの顔が真っ青になった。

「え、え、あ、き、聞こえて……わ、私……ご、ごめんなさい」

「なんだ？　美樹は悪くないぜ、俺が言ったんだ」

「え、っと、や、やめようよ」

五十嵐君が佐々木さんをかばうように……俺の前に立ちはだかる。

俺は混乱していた。

なんでこんな状況《じょうきょう》になってしまったんだ？　俺は――ただ席を譲って、陰口の理由を聞きたかっただけだ。


五十嵐君の筋肉に付き方は悪くないけど、腕回《うでまわ》りを見ると筋トレをサボっている。バランスが良くない。もっと均等な筋肉じゃないと――

俺はこの状況と全然関係ない事を考えてしまう。これでは現実逃避《とうひ》と変わらない。

俺がクラスメイトに話しかけようとするといつも裏目に出る。

……それでも――諦めるな。

「おい、なんとか言えよ」

「お、俺は気になっただけだ」

「……あん？」

「佐々木さんがなんで怖がったか知りたかっただけだ」

五十嵐君は呆《あき》れた顔をして、佐々木さんに聞いた。

「美樹、こいつって……ちょっと変わってるのか？」

「五十嵐君……ね、もうやめよう？　わ、私が悪かったから――」

「いや、俺に謝罪は必要ない。……俺の何がいけなかったのか？　どうしてなんだ？　俺は知りたいだけなんだ」

五十嵐君はため息を吐《つ》きながら俺に言った。

「はぁ、マジかよ。えっと……藤堂だっけ？　お前、怖いんだよ。顔も雰囲気《ふんいき》も、何考えてるかわからねえし。得体が知れないだろ。わりいな俺、思った事言っちゃう性格だからさ。……そりゃ美樹も怖がるぜ。ていうか、お前……どこで弁当食うつもりだったんだ？」

「天気も良いから中庭だ」

「か一っ、女子のたまり場の中庭で一人で食うのか！　いや、俺たちがそういう雰囲気を作ったから悪かったな。、すまねえ。あれか、友達いねえのか？　美樹の様子だといないだろうな」

「い、五十嵐君、す、少し言い過ぎだよ……」

「おっ、そうか、わりいな」

五十嵐君の後ろにいる佐々木さんは、申し訳無さそうな顔をしている。彼《かれ》らの何が悪かったかあまり理解していない。

「そ、そうなのか？　俺は……よかれと思って――」

「いや、言葉だけ取ると、お前良い奴《やつ》だぜ。怖がった俺たちが悪いんだ。俺が美樹を癒《い》やしてあげるから気にすんなって！」

これがリア充《じゅう》の力か――

俺が普通に喋る事ができている。

素直に感動してしまった。一言喋ると、どんどん返事がくる。

「気《き》遣《づか》い感謝する。改めて、俺は中庭へ――」


教室に誰かが入ってきた。

それと同時に遠くから舌打ちが聞こえた。


「おーい、剛《つよし》。ご飯食べるわよ……ん？　な、何この雰囲気……」

花園がお弁当箱を持って、俺に近づいてきた。

「あ、ああ、こちらの五十嵐君が俺に色々教えてくれた。今、感謝を述べていたところだ」

「あちゃ……、やっぱりクラスが違うと対応できないわよね……。ほら、剛、私のクラスに行こ！」

「お腹《なか》が空《す》いたな。花園、天気が良いから中庭に行こう。あっ――それじゃあ、五十嵐君たちもご飯を楽しんで。あと、佐々木さん――」

「は、はい？」

「怖がらせて――悪かった」

強張《こわば》った顔をしていると思う。俺は精一杯《せいいっぱい》の笑顔をしてみた。

五十嵐君が突然《とつぜん》俺《おれ》の肩を叩いた。痛くないけど――なんでだ？

「……あれ？　筋肉やば……。ぷははっ!!　なんだ面白《おもしれ》えじゃん、藤堂！　今度陸上部遊びに来いや！　それにちゃんと友達もいるじゃねえかよ。顔だけ残念美少女の花園だけどな。こいつ全然男友達作んねーの。花園、よく知らねえけど良かったな」

「五十嵐……、うるさいわよ。ぶっ殺すわよ……」

俺は口を挟んでみた。

「花園とは今朝友達になった」

「はっ？　てめえら前から一緒に……、よくわかんねーけど、まあいいかっ」

俺も五十嵐の肩を叩いてみた。これが親交の証《あかし》なのか？

「いってっ!!　ち、力強えよ!?　ほら、てめえらは中庭に行ってろよ！　俺たちはここで食うぜ！」

「それでは失礼――」

佐々木さんを見ると、俺にペコリと頭を下げていた。なんだか可愛《かわい》らしい仕草であった。

――ああ、これが人との関わりなのか。間違《まちが》ってても修正することができるんだ。


舌打ちが再び聞こえてきた。


「ねえ、ちょっとうるさいよ？　私たちのクラスで部外者が暴れないでくれる？　あ、藤堂はうちのクラスだったね？　いつも一人だから違うかと思ったよ」

「ちょ、六花《ろっか》ちゃん、やめなって」

「ほら、竜田《たつた》揚《あ》げあげるから機嫌《きげん》直してね」

道場《みちば》から視線をずっと感じていた。

俺は佐々木さんと五十嵐君の対応で一杯一杯《いっぱいいっぱい》だったから無視をしていた。

「あんなに真剣《しんけん》に私に勉強教えていたのにな～。先生って呼ばれて満更《まんざら》でも無かったのにな～。私の事捨てちゃったの？　ていうか、いつの間にか嘘《うそ》つき女とよりを戻しちゃったの？　あれ？　絆《ほだ》されちゃったのかな？　ぷぷっ」

俺は首をかしげた。

彼女《かのじょ》は何が面白いんだ？　全然わからない。

「――えっと、勉強教わりたいのか？　道場はあんまり知らない人だからちょっと……」

「はっ⁉　し、知らないって……その態度なんなよ！　マジでムカつく……。陰《いん》キャのくせにさ。私が二人だけでカラオケ誘《さそ》っても断ったのに……。本当は私と二人でデートしたかったんでしょ！　本当に空気読めない奴だよね」

悪意でいいのか、これは？

関係ない人間から受ける悪意なんてどうでもいい。

俺は道場との関係をリセットした。

過去に教えた勉強会なんて、思い出から消してしまった。

淡々《たんたん》と頭の記録にあるだけだ。そこには感情が一切何も浮《う》かばない。

「俺が道場と二人っきりで出かけたい？　申し訳ないが、何を言っているか理解出来ない」

「はっ？　り、理解出来ないって……馬鹿にしてるの？　私に会いたくて二時間待ってたでしょ？　会いたかったんでしょ？」

「ああ、あの時の事か。俺を待たせて自己満足をしていたのか。なるほど、道場はつまらない人間なんだ」

俺は事実を確認《かくにん》するように自分に語りかける。

教室がざわめく。

「六花と藤堂に何があったん？」

「なんか、癪《しゃく》に触《さわ》ったから待ちぼうけさせたとか――」

「うわ、最悪じゃん」

「あいつ勉強教わってたんだろ？」

「関係ねえから飯食おうぜ！」

「藤堂君、かわいそう」

「てか、藤堂の声って全然感情こもってないぜ？　怖……」

注目されるのはあまり好きじゃない。早くこの場を離れたかった。

「花園、中庭行こう。む、どうした？」

「……ううん、大丈夫《だいじょうぶ》。行こ」

道場は立ち上がった。

「ちょ、ちょっと待ちなさいよ！　自己満足って……、マジムカつくのさ。そんな女よりも私の方が良い女に決まってるでしょ！　君って人を見る目ないのさ。そいつ嘘つき女でしょ？　都合の良い男呼ばわりされたんでしょ⁉」

俺は足を止めて道場を見る。

やはり理解出来ない。花園の件は道場さんと関係ないはずだ。

説明する義理もない。

「道場には関係ない事だ。これ以上、俺の友達を愚弄《ぐろう》するのはやめろ」

教室が静まり返った。

あまり静かな教室は好きじゃない。教室の騒《さわ》がしい雰囲気が好きだ。どうして静かになったんだ？

俺と道場さんが話しているからか？

程《ほど》なくして、クラスはざわつき始めた。あまり好きな感じの騒がしさではないが。

「え……？　あ、あんた、私が今までどんな事言っても怒《おこ》った事ないよね？　ちょ、ちょっと……待って……」

怒る？　そんな大層な感情は抱いていない。

関係ない人間には無機的な言葉で十分だ。

「察するに、その感情は嫉妬《しっと》でいいのか？　俺が花園と友達になれたから」

「はっ⁉　あ、あんたたちの事なんて嫉妬するわけないのさ‼　べ、勉強だって、私はもう一人で大丈夫だもん！」

なるほど、あの勉強会の意味を理解していなかったんだ。

「無理だ。あの勉強会は基礎的《きそてき》な学力向上が目的じゃない。手っ取り早くテストの点を高く取るためだけのもの。次のテストは同じ点を取れないと思う」

「え……、う、嘘でしょ？　で、でも同じ方法なら――」

「全員の先生の過去の傾向《けいこう》と性格、俺の勘《かん》で出題を予測していた。一人では絶対ムリだ」

道場は青い顔をしている。体調が悪いのか？　誰か保健室に連れて行ってあげればいいのに。

「へ？　な、なら、もう一度私に教えてよ！　う、嘘つき女だけずるい‼」

やはり彼女との会話は噛《か》み合わない。

俺のコミュニケーション不足であろうか？

俺はもう一度、丁寧《ていねい》に道場さんに説明をしなきゃ。

「すまない……、俺は二度と教える気がない。俺に関わらないで欲《ほ》しい。――それに……もう一度だけ道場さんに伝える。俺の友達を――愚弄するな」

「あ、うぅ……で、でも」

道場さんの身体が震えだした。やっぱり体調が良くないんだ。

俺と話している場合じゃない。

ちゃんと聞こえるように大きな声で言わなきゃ。

クラスメイトのざわめきがうるさいのか？


「少し黙《だま》ってくれ――」


その言葉を発した時、クラスの動きが完全に止まった。

道場さんから反応がない……。

……これだけ静かなら大丈夫だろう？　もう少し近くに行った方がよいのか――

俺は道場さんに近づく。

「え？　な、何⁉　や、やめて――来ないで――」

道場さんの震えがひどくなる。

「や、や……、怖……」

その時、頭をスパーンッと叩《たた》かれた。別に痛くない。

五十嵐君である。

「バカッ！　お前超怖《ちょうこえ》えよ⁉　どんだけ威圧《いあつ》感だしてんだよ！　男の俺でさえガクブルなんだぜ？　ほら、ここは俺がまとめてやっから、さっさと残念美少女と飯行ってこいって！」

「……ああ、そうだった。五十嵐君、君は良い人なんだな」

「う、うるせえ！　早く行けや！　ほら、道場、お前は茶でも飲んで落ち着けや」

困惑《こんわく》して照れている五十嵐君は俺には眩《まぶ》しく見えた。

教室の空気が五十嵐君によって弛緩《しかん》されたのを感じた。

微動《びどう》だにしない道場は友達に背中を擦《さす》られたり声をかけられたりしていた。きっと、俺が全部悪いことになるんだろう。だが、それで構わない。

俺には花園という友達がいるんだから。

さて、お腹空《なかす》いたな。中庭へ行こう。

無駄《むだ》な時間を過ごしてしまった。

結局道場さんの言いたいことはよくわからなかった。

関係ない人だから忘れよう。

俺は固まっている花園の手を取って教室を出た。

＊＊＊

小学校の頃はこんな人間関係存在していなかった。

大人は数字だけで俺を見ていた。

数字の上下で一喜《いっき》一憂《いちゆう》している姿を覚えている。

優《やさ》しい大人が一人だけいた。俺が頑張《がんば》ると褒《ほ》めてくれる。そして——すごく甘《あま》い飴《あめ》をくれる時があった。

俺はそれが唯一《ゆいいつ》の楽しみであった。

今思うと、とても寂《さび》しい事だと理解できた。

＊＊＊

昼休みはすぐに終わってしまった……。

花園とゆっくりお喋りをする時間がなくなってしまった。中庭でご飯を食べるだけで終わってしまった。なんだか寂しい気分になってしまった……。

だから、今日は久しぶりに二人で寄り道をして帰る事にした。

何日ぶりだろう。遠い昔みたいに思える。

俺たちはサイゲリアというファミリーレストランに入る事にした。花園とファミリーレストランに入るのは初めてである。いつも帰りに寄る所といえば、ハンバーガー屋さんかクレープ屋さんであった。少し緊張《きんちょう》してしまう。

二人でドリンクバーを注文した。

「剛、昔だったらあんたが問題起こしても、私だけで独占《どくせん》できるって思ってた――、でもね、私も変わらなきゃ」

緑色のドリンクを飲みながら花園は俺に言う。それは一体なんなんだ？　気になる……。

俺は小学校を卒業して、初めてジュースという物を飲んだ時の事を思い出していた。

花園の家に訪《おとず》れた時に、おばさんが出してくれたんだ。

甘い――美味《おい》しい。あの時は味覚が破壊《はかい》されると思った。こんな飲み物がこの世界にあることに衝撃《しょうげき》を受けた。

先日のカラオケの件で、俺はドリンクバーなる存在を知った。

この素晴《すば》らしい飲み物がいくらでも飲めるという驚愕《きょうがく》の事実だ。世界は奥《おく》が深い……。

「ちょっと、あんた聞いてるの！」

「問題ない。花園、俺の昼休みの行動は……大丈夫だったのか？」

「絶対違《ちが》う事考えていたよね？　まあいいけどさ。あんたは昔よりはマシになってると思うよ。……五十嵐の件は……まあ、ただの勘違《かんちが》いだったしね」

「五十嵐君は良い人だな」

「……悪い奴じゃないわ。あんな性格だから嫌《きら》いな人も多いけどね」

何？　あの五十嵐君でも嫌われるのか？　俺は信じられなかった。

「結果的には、あんたのクラスメイトと話すきっかけが出来たから良かったけど、道場の件がね……」

「む？　それは何故だ？　道場と俺の関係は終わったはずだ」

「道場の件で、クラスのみんながあんたを怖いって思ちゃったかもね。あの女……本当にムカつくわよ。思い出しても腹が立つわ。自分の悪行を自分で暴露《ばくろ》したからまだマシだけど」

「俺は道場さんと関わるつもりはない」

「――道場は当分おとなしいと思うわよ。クラスの信用を取り戻そうと躍起《やっき》になるから。自分から剛に絡《から》みに行かないと思うわ。でも、道場だし……不安ね」

俺は衝撃を受けた。

あの時、五十嵐君も佐々木さんも怖いという言葉を使った。

俺が怖い？　見た目は普通だと思う。なるべく目立たないように地味にしている。

俺はクラスメイトにそんな印象を与《あた》えていたのか？　誰《だれ》も教えてくれなかった。誰も俺に話しかけてくれなかった。道場も笹身《ささみ》も何も言わなかった。利用してただけだからか？

「は、花園も俺が怖いと思ってたのか？」

「……中学の頃《ころ》はね。今は違うよ？　あんたは優しいの。すごく、すごく優しいの。それこそ、好きになっちゃうほど……、あ、い、今は、と、友達としか思ってないけど……ごほんっ、みんな優しいあんたを知らないのよ！」

俺は人から怖く思われている事に対して心が苦しかった。

五十嵐君も佐々木さんも少しだけ関わりが出来て、これから友達になれると思ったのに

──

やっぱり、関わりがない方が……心が傷《いた》まないか？

なら──関わった事を消してしまえば──

花園は薄《うす》い笑《え》みで俺を見つめていた。

「大丈夫よ、今度は私もいるから。だからね、ゆっくり友達を作ろう。せっかく出来た関わりを消しちゃ駄目《だめ》よ？　前に進もうね……二人で一緒《いっしょ》に。だって、剛は優しいからわかる人にはわかるわよ──」

「そうか、消したら前に進めないのか。……花園、改めて友達になってくれてありがとう」

「うん──」

俺たちはその後もサイゲリアで話を続けた。俺がバイトに行く時間になったので続きは明日となった。

友達との何気ない会話って……楽しいんだな。俺はそんな事を思いながらこの時間を過ごした。

第八話【よくわからない感情の芽生え】

アルバイトは商店街にある洋食屋さんで働いている。

今日は田中《たなか》が非番の日だ。

接客が壊滅的《かいめつてき》に駄目な俺は、料理の仕込《しこ》みと皿洗いに専念している。

ピーク時間の忙《いそが》しさは戦場のようであった。……本当の戦場はもっと地獄《じごく》だと知っているが、譬《たと》え話である。

「おいっ！　フィッシュ焼けてんぞ！　早く持ってけ！」

「お会計お願いしまーす!!」

「二番の料理間違ってますよ!?　ドリアお願いします！」

「マジかよっ！　てめえ……これ先に持ってけ！」

「村上《むらかみ》ーー！　皿違えよ!?　何度目だ！」

「そっすか、気をつけます～」

俺は半年前からアルバイトを始めた。

田中の教育の賜物《たまもの》で、俺はこの仕事に少しずつ慣れてきた。

人の動きをみて必要な物を必要な人に――


シェフが何かを探している。

洗い物をしている俺は皿を厨房《ちゅうぼう》にしまうついでに、シェフの前に盛り付け用の皿を置く。

「おう、ありがとな！」

佐々木さんのマネをしてペコリと頭を下げる。

サービスのバッシング（空いた皿を下げる作業）が間に合ってない。洗い物は追いついている。

俺はお客さんに話しかけられないように、客席の食べ終わった皿を下げる。

この時のタイミングが俺にとって一番重要だ。過去にお客さんに話しかけられて、怒らせた事が何度もある。知らない大人に話しかけられると頭が真っ白になる。

俺にとって大人はとてつもなく怖いものだ。

今日は田中と一緒に働いていない珍《めずら》しい日だ。シェフは厨房だ。助けてくれる人はいない。だが、俺はサービスを助けたい。

気配を消してホールへと出る。瞬時《しゅんじ》に片付いていない卓《たく》を把握《はあく》して行動を開始する。

なんとか、喋《しゃべ》りかけられずにバッシングを終え、俺は再び洗い物に専念をした。

「いや～、藤堂くん、真面目《まじめ》だから助かるよ。またよろしくね。お疲《つか》れ様《さま》！」

「はい、こんな俺で良ければ――お疲れ様です」

シェフから話しかけられると緊張する。シェフは手を振《ふ》りながら事務部屋に向かった。

俺がスタッフルームで着替《きが》えていると、男性アルバイトの大学生たちが入ってきた。

「疲れたな～、今日マジで忙しかったぜ」

「ああ、俺今日もシェフに怒鳴《どな》られたぞ……ただのバイトだぜ？」

「お前料理人目指してんだろ？　仕方ねえだろ。ほら、飲み行こうぜ」

「清見《きよみ》ちゃんも来るんだぜ」

「お、マジで⁉　俺狙《おれねら》ってんだよな」

大学生たちに頭をペコリと下げる。だが、反応はない。

大学生アルバイトたちは俺をいない存在と扱《あつか》っている。

皿洗いと仕込みしか出来ない男。それが俺の評価であった。

挨拶《あいさつ》も一切ない。いや、女子の前では俺をネタに話しかけることもある。……俺の受け答えを楽しんでいる節があった。何が面白いのか俺にはわからない。

ただ、あまり良い笑いでないのは理解できた。

田中がいないから今日は待つ必要がない。

俺が素早く着替えてスタッフルームを出ようとした時、大学生の村上が俺に声をかけてきた。

「あ、藤堂、お前って田中と同じ学校だろ？　なあ、今度俺たちの飲み会に行くように言っとけよ。……俺タイプなんだよな」

「おい、お前女子高生はまずいって！」

「あん？　いいだろ、バイト先で女子高生と付き合う奴なんて割といるぜ？」

「まあ、顔は可愛いよな」

「性格キツイしな～」

あっ、田中にカフェの件で連絡《れんらく》しなきゃ。どうしても後回しにしてしまう。なんて連絡していいか考《かんが》え込《こ》んでしまう。

日にちと時間を送ればいいか。後でメッセージを送ろう。

「……おい、聞いてんのか？　返事しろよ」

「ああ、聞いてる」

「はっ？　てめえバカにしてんのか？　敬語使えや」

「おい、村上、やめろって、そいつ高校生だぞ？　ていうか、藤堂の方が早くバイトしてんだからお前後輩《こうはい》だろ」

「ははっ、お前が敬語使ってやれよ」

「藤堂怖《こわ》がってんじゃねえか。優しくしてやれよ」

「いやいや、こいつキモいだろ。俺、総合格闘技《かくとうぎ》やってっからこんなやつイチコロだぜ？」

ああ、これは俺に対して言っているんだ。

あまり気分の良くない会話だったから聞こえていないふりをしていた——

「お先に——」

スタッフルームを出ると、外にまで笑い声が聞こえてきた。

俺の事を笑っているんだろう。

問題を起こしちゃ駄目だ。せっかく雇《やと》ってくれたシェフに迷惑《めいわく》かかるし、田中に迷惑かかるかも知れない。それにどう対応していいかわからない。怒っても問題が起きるだけだ。

自分の事はどうでもいい。田中の事を言われているのが嫌《いや》な気持ちになる。

——みんなこんな時はどうしているんだ？

俺には正解がわからない。

あの人たちだって、一人の時は俺に仕事を教えてくれたり優しい人だ。

なのに集団になると様変わりする。

大丈夫、関係ない人たちだから心は痛くならない。

だから関わらないのが、きっと一番だ。


お店を出て近くの自動販売機《はんばいき》でジュースを買う。バイトがある時の俺の日課である。

今日はコーヒーというものに挑戦《ちょうせん》してみよう。とびきり甘いのはどれだろう?

大人な男はコーヒーを飲むものだと聞いた事がある。今日はコーヒーを飲みたい気分だ。


「よーっす! 来ちゃったじゃん! やっぱここにいたじゃん。へへっ、さっきまでカラオケ行ってたんだ! そろそろ藤堂の上がる時間だって思ったじゃん」

「た、田中?」

振り向くと、制服姿の田中がいた。その横にはこの前いた男の子がいた。

田中と距離《きょり》が近い。手を握《にぎ》っているようにも見える。その様子を見て俺の心臓がドクンと跳《は》ね上がったような気がした。

男の子が会釈《えしゃく》をしてきたので、俺も会釈で返す。彼の視線は俺を観察しているようであった。隙《すき》のない立ち振舞《ふるま》いである。重心が安定している。凛《りん》とした姿がとてもカッコいい。

彼は田中に別れを告げてこの場を去っていった。


田中は両手で彼に手を振っている。その姿はとても可愛らしいものであった、愛情が彼に向けられているのが俺でも理解できる。

……なんだろう。変な気持ちが湧《わ》いてくる。こんな感情は初めてだ。さっきの彼と田中の関係が気になるのか？　いや、二人はカップルなのだろう。田中と彼はとてもお似合いであった。

俺が入る余地なんてない。……何故《なぜ》俺はそんな事を考えている？　関係ない事だ。感情を整えろ。

深呼吸をしたらモヤモヤがなくなると思った。だが、消えてくれない。

しばらく彼を見送っていた田中が俺に向き直る。自動販売機の光に照らされた田中の笑《え》顔《がお》が眩しかった。

「今日は私がせっかく送ろうと思ったのに、もっと嬉《うれ》しそうにしてもいいじゃん！」

「いや、すごく嬉しい。本当に――」

その笑顔を見たら今まで心の中にあった、疎外感《そがいかん》やもやもやが消えていた。

優しい気分になれた。なのに胸が少しだけチクチクする。

「へへ、良かったじゃん。だって、いつもバイトは一緒なのに、今日は入って無かったから心配だったじゃん？　藤堂ってみんなと話さないしさ」

シェフは俺に気を遣《つか》って、田中と俺をいつも一緒の時間帯にしてくれる。今日みたいに一緒じゃない日ももちろんある。

田中は「よっと」と言いながら俺の横に来た。

俺たちは歩き出した。

「花園さんと仲直り出来たんでしょ？　良かったじゃん！」

「田中が背中を押《お》してくれなかったら無理だった。ありがとう」

「ちょ、マジ顔でお礼言われても……、ま、まあ嬉しいじゃん？　で、どうやって仲直りしたの？」

「ああ、それは――」

俺は田中に花園との出来事を説明した。ついでに教室での出来事も――

田中は今度は頭を叩かなかった。

腕を後ろに組んで嬉しそうに歩く。

「──不器用だけど、頑張ったじゃん」

その言葉が俺の心にすっと入っていった。

「ああ、努力してみた。だけど、やっぱり……みんな何を考えているかわからない。さっきだって、アルバイトの村上が田中に対する軽口を言っているのが嫌だった。何も出来なかった」

「バカね、まだマシよ。女子はもっとエグいじゃん。普《ふ》通《つう》に友達を蹴《け》落《お》とすしね……」

「そ、そうなのか」

「そうじゃん。ていうか、道場か。どのクラスにもあんな風に拗《こじ》らせてる子は絶対いるじゃん。ぶっちゃけ面倒《めんどう》なのよね。ていうか、村上むかつく」

田中はため息を吐いた。

何かを思い出しているようであった。

「ていうか、藤堂がそんな風に思ってくれてるのって、柄《がら》じゃないけどさ、結構マジで嬉しいじゃん……」

田中は本当に嬉しそうに笑ってくれた。

「リセットね――、普通だったら信じられないけど、藤堂だったら出来そうだよね？」

「俺は事実しか言わない」

「あはは、そうだよね。ちょっとだけ憧《あこが》れるじゃん。そんな風に気持ちをリセット出来たら……新しい自分になれるんだもんね」

「そういうものか？　田中もリセットしたいと思った時があるのか？」

「生きてると色々あるじゃん」

「俺は――もうリセットしたくない」

田中は真剣な顔で俺を見た。

「うん、色んな事を積み重ねて友達になるんだもんね。……友達か、ねえ、私もさ……藤堂たちの友達に加えてもらえるかな？　私も友達いないんだよね、あはは」

俺は首を傾《かし》げた。田中は友達が一杯《いっぱい》いるはずだ。あのカラオケでも友達と楽しそうに歌っていた。それにあのカッコいい男の子がいるではないか。

俺の胸が少しだけ痛んだ。

苦しい痛みじゃない。悲しい痛みじゃない――

これはなんだ？

「さ、さっきの彼《かれ》は――恋人《こいびと》じゃないのか？」

「へっ？　弟の事？　あはは っ、あいつは私に付き合ってくれてるだけじゃんよ！　嫌がってるじゃんか！」

弟か……そうか、弟なのか――

何故《なぜ》か、俺の胸のチクチクは治まった。無性《むしょう》に走りたい気持ちになった。全力で走ったら気持ち良いだろう。

「あっ、そうだ！　藤堂にお土産《みやげ》あったじゃん！　いつもバイト帰りに送ってくれるお礼。ほらっ！」

田中は二つ持っている袋《ふくろ》のうち、一個を手に俺に手渡《てわた》す。俺は戸惑《とまど》いながらもそれを受け取る。

「へへっ、ここいらじゃ有名なケーキ屋さんのケーキじゃん！　後の分は弟にあげるじゃん！　ってか、あいつに持ってかせればよかったじゃん！　もう！」

田中にとって俺はパシりで都合の良い男じゃなかったのか？　そんな俺と友達になりたいと言ってくれたのか？

渡された袋の重みが心地好《ここちよ》かった。

甘いもの、俺の特別な時にしか食べないもの。『大人』からもらった飴は甘かった。唯一の楽しい思い出であった。中学の時に学校で失敗して、しょんぼりして帰った時に飲んだジュースは甘いのに少ししょっぱかった。独りぼっちでお祭りにくり出し、小銭《こぜに》を手に握ったまま、屋台の前にいる大勢の人を見て萎縮《いしゅく》してりんご飴が買えなかった。

思い出が蘇《よみがえ》る。楽しい記憶《きおく》と悲しい記憶。


「え、ちょっと……な、なんで泣いてるの⁉　と、藤堂⁉」

「いや、これは汗《あせ》だ。たまに出る時がある」

「ちょ、それは無いっしょ⁉」

俺はハンカチで汗を拭《ぬぐ》いながら、自分の気持ちを素直《すなお》に伝えた。

「どうせなら一緒に食べたい――」

「はっ⁉　マ、マジ？　い、良いけどさ。てか、私と友達になってくれるの？」

また目から汗が流れてきそうであった。込み上げてくる何かを必死で抑《おさ》える。

この感覚が何かわからない。ただ、嬉しい事だと本能が理解している。

「俺も、友達、になりたい」

「よし、じゃあ今から友達ね！　へへ、てか、前からずっと友達だと思ってたじゃん。なんか恥《は》ずかしかったから言えなかったけどね」

「なんと、そうだったのか。俺はてっきり都合の良い男だと思っていた」

「はっ？　そんな事ないじゃんか！　ほら、あっちの公園で食べよ！」

「あ、ああ」

暗くてよく見えなかったが、田中の顔が少し赤くなっているような気がした。

田中の後を追う。この地域は治安が良いとはいえ、夜道の一人歩きは危険だ。

俺は何度も絡まれた事がある。

ベンチに座《すわ》りケーキの箱を開ける。街のショーウィンドウで見たことがある。確かこれはショートケーキというものだ。

「あ、フォーク一つしかないから藤堂食べなよ」

俺は田中からフォークを手渡される。少し悩《なや》んでから俺はフォークを使ってショートケーキを半分に切った。

「俺は田中と一緒に食べたい。半分こしよう。先に食べてくれ」

「えへへ、ありがとじゃん」

田中はフォークを使ってショートケーキを食べる。

笑顔で鼻歌を歌いながらとても美味しそうに食べる。ただの鼻歌なのに思わず聞き惚《ほ》れてしまう。心が揺《ゆ》さぶられるような曲だ。それにしても食べながら鼻歌を歌う田中は器用であるな。

「あっ、藤堂も食べるじゃん！」

「う、うむ、それでは……」

「ちょ、素手《すで》は駄目じゃんか！」

「そうか、ならばそのフォークを使っていいか？」

「え、あ、うん……。べ、別にいいじゃん」

俺は田中から手渡されたフォークを受け取る。残ったショートケーキにフォークを突《つ》き刺《さ》した。口に運ぼうとした時、田中が「あっ、ヤバ」と呟《つぶや》いた。ヤバとはヤバいの省略語だと理解している。大変な状況《じょうきょう》の時やすごいという意味で遣う時があるらしい。……俺は疑問に思いながらもケーキを頬張《ほおば》った。

「美味しい」

本当に美味しいものを食べると言葉が勝手に出てくる。

クリームも苺《いちご》もスポンジも美味しいが、全部を合わせることによって全てが調和されて味の密度が倍増される。今まで食べたお菓子《かし》の中で一番美味しく感じる。

食べ終わると苺の香りが突き抜《ぬ》ける。もう一口食べたくなる。

これは素晴らしいものだ。専門店のケーキというものを食べるのは初めてであった。

スポンジ生地《きじ》の中にほんのりとアーモンドの香りもする。クリームは洋酒を組み合わせた香りもする。

おっと、俺ばかり食べていては駄目だ。半分食べ終わったところでフォークを田中へと返す。

「田中も食べてくれ」

「う、うん、食べるね」

いつも元気な田中は少しだけおとなしくなってしまった。顔が赤いのが気になるが、大丈夫だ。きっとショートケーキが美味しくて興奮しているのだろう。俺の顔をチラチラと見ているような気がする。何かついているのか？

田中は自分の分のケーキをぺろりと食べてしまった。

「ん、藤堂も食べるじゃん……」

俺は残りのショートケーキを食べながら感じた事がある。

確かにこのケーキは美味しい。だが、友達と一緒に食べているから更《さら》に美味しく感じるのだろう。

「友達……、不思議なものだな」

「そんなに深く考えなくていいじゃん。私と藤堂はバイト先が同じで学園も同じ。ぼっち仲間でバイト仲間で新しい友達」

「うむ、こそばゆい気持ちだ」

「ていうか、藤堂って本当は年上なんじゃない？　言い方が超ウケるじゃん！」

「へ、変か？」

「ううん、全然おかしくないじゃん。超落ち着いてる感じがイケてるじゃん」

「そうか……、なら良かった」

不思議な感覚であった。花園といる時とはまた違う。安らぎというものだろうか？

俺はこの日の事を忘れないだろう。

夜の公園で田中と二人で食べたケーキは今までの人生の中で一番優しい味がした――

第九話【少しずつ広がる輪】

苛烈《かれつ》なトレーニングが日課であった。痛みが伴《ともな》う事は日常であった。森の中で置き去りにされた事もあった。夜の森は怖《こわ》かったけど、自分以外の生命を感じられる。苦しいけど寂しくなかった。

ある日大きな犬が小学校の教室に現れた。

優しい大人が一緒に遊んでいいと言ってくれた。恐《おそ》る恐る犬に触《さわ》る。

初めて触《ふ》れた犬はとても柔《やわ》らかかった——

＊＊＊

最近、過去の出来事の夢を見る。きっとほんの一部だろう。未《いま》だに記憶は歯抜《はぬ》けである。幼い頃にしたリセットの影響《えいきょう》だ。記憶を消してしまいたいほどの出来事がたくさんあったんだろう。

過去を振り返る必要はない。もう俺は高校生なんだ。最近やっと俺にも友達の輪が広がって行くのを感じる事が出来た。

中庭で花園と一緒に昼食を食べている時に田中からメッセージが来た。

『今どこにいるの？』


なるほど、メッセージでは口癖《くちぐせ》がなくなるのか。

俺は素早《すばや》く返信をする。花園は俺の様子を見て首を傾げていた。

「珍しいね。メッセージ使うなんて。あ、田中さん？　友達になれたんだよね？」

「ああ、田中は良い人である。ケーキも美味しかった」

「ふ、ふーん、あの子すごく可愛《かわい》いもんね」

「そうだな、とても可愛らしい女の子だ。だが、花園も客観的に見てとても可愛いと思うぞ」

「あ、あんたねっ！　女の子に軽々しくそんな事言わないのよ！　べ、別に私なんて可愛くないもん」

「人の美的感覚はあてにならない。この話は終わろう」

「はぁ、あんたらしいわよね」

「そういえば、田中は俺たちと友達になりたいって言ってたぞ？」

「私達？　あの子って友達多そうだけど……？」

「自分で独りぼっちと言っていた」

「そういえばそうね。友達といるところは見たことないよ」

俺たちに近づいてくる人の気配がした。

匂《にお》いで田中ではないとわかっている。

「おーい、藤堂！　てめえ、また花園と飯食ってんのか!?　今度俺たちと一緒に食おうぜ！」

何故かジャージ姿の五十嵐君が中庭に現れた。今は昼休みである。まだ部活の時間ではない。

隣《となり》には佐々木さんがいる。佐々木さんは大声を出している五十嵐君に小声で「は、恥ずかしいよ……」と言っていた。周りの女子生徒たちがその様子を見て笑っていた。だが、変な笑い方ではない。温かい笑い方だ。

俺にも似たようで全く違う経験がある。中学の時に、大声で花園に話していたら何故か周りから笑われた。あの時の笑い方は失笑《しっしょう》に近かった。きっと俺が変な事を言ったんだろう。

「な、なによ。なんで私を見てんのよ！」

「いや、少し昔を思い出してな」

「べ、別に思い出さなくていいわよ！」

俺たちのやり取りを見た五十嵐君は何故かため息を吐《つ》いていた。

「はぁ、花園はもっと素直になれってんだよ。マジでツンデレじゃねえかよ」

「あんたうるさいわよ！　せっかくの二人っきりの時間を――って、違うから！　剛の面《めん》倒見《どうみ》てるだけ……、ううん、ここでまた間違《まちが》えちゃ駄目だもんね……」

「あん？」

「そ、そうよ、私は剛といたいから一緒にご飯食べてんのよ！　わ、悪い……」

「い。いや悪くねえよ。むしろからかってなんかすまん……」

「ふんっ、わかればいいのよ」

五十嵐君と花園の会話のテンポが速すぎて理解が追いつかない。ただ一つわかるのは、隣に座っている花園の距離が俺に近づいていた。肩《かた》が触れ合っている距離感であった。

そんな事は気にせず俺は五十嵐君に質問をしてみた。

「何故ジャージなんだ？」

「あん？　ああ、午後の授業が体育だからな！　面倒だからさっき着替えたぜ！」

「なるほど、理にかなっている」

佐々木さんは俺の方をチラチラを見ている。

教室では視線を合わせる事がない。俺はなるべく彼女《かのじょ》を怖がらせないように慎重《しんちょう》に行動をしていた。それでも、彼女からの視線を最近感じる。迷惑かけると悪いと思って気がついていないふりをしていた。


「美樹、言いたいことあるんだろ？」

五十嵐君は顎《あご》で佐々木さんを促《うなが》す。

「う、うん……」

佐々木さんはちんまりと前に出た。うむ、テレビで見たハムスターそっくりである。小さい身体は緊張感で溢《あふ》れていた。俺も緊張してしまう。

「藤堂君。こ、怖がってごめんなさい。私、最近藤堂君を見てると、本当は怖くないのかなって思って」

「なあ、俺のどこが怖いんだ？　俺は自分でわからない」

「え、あ、全然喋らないところとか。誰かと喋っても予想の斜《なな》め上の返答だし。表情が変わらないところとか、あ、ごめんなさい――」

「いや、助かる」

佐々木さんは手に持っていた本を俺に差し出した。

これは？

「と、藤堂君、しょ、小説とか読んでみたらどうかな？　わ、私小説とか漫画《まんが》や映画が大好きなんだ。きっと、物語を通して人の心がわかって──」

物語か……。昔、花園と映画に行っても俺は内容がさっぱり理解出来なかった。なんでお客が泣いているのかわからなかった。花園はその時泣いていたな──

俺は映画館で泣いた花園の顔を思い出した。

悲しそうだけど、嬉しそうな、さっぱりとした花園の泣き顔。とても綺麗《きれい》だった『記録』が頭の中にある。

「佐々木さん。ありがとう。俺、読んでみる」

「は、はい！　これ面白《おもしろ》いですよ。主人公の心情とヒロインの心の葛藤《かっとう》が素敵《すてき》に描《えが》かれていて……かっこいい男友達もいてね、ふふっ、男友達と主人公の絡みが……」

五十嵐君が佐々木さんの制服の裾《すそ》を引っ張る。

「おいっ！　美樹、飛ばしすぎだっての！　ったく、まあ、なんだ、美樹はお前を心配してるんだよ」

大丈夫《だいじょうぶ》だ。俺にだってそれくらいわかる。空気は読めないけど——人の心には敏感《びんかん》だ。

俺は五十嵐君の肩を軽く叩《たた》いた。

確かこうだったかな？

「って⁉　だから力強えよ！」

五十嵐君は肩をさすりながら俺の腕《うで》を見ている。なんだ？

「……そうだ、藤堂さ、ちょっと腕相撲《うでずもう》しねえ？　この前からお前の筋肉が気になってよ。ぜってえ強いだろ？　俺、クラスでトップだから負けたくねえんだよ！」

佐々木さんと花園は顔を見合わせていた。

「男子って子供ね」

「は、はい、小学生みたいです……」

——なに？　小学校は生きるか死ぬかの修羅場《しゅらば》じゃないのか？　……しかし疑問がある。

「——腕相撲ってなんだ？」

その言葉を言った時、五十嵐君は何故か——同情？　友愛？　困惑《こんわく》？　そんな感情を包み込んで、無理をして笑った顔で俺に言った。

「なら、俺との勝負が初めてだな……。一緒に楽しもうぜ！」

中庭のベンチの横にある小さなテーブルで腕相撲をすることになった。

花園が止めないから間違えていないのだろう。

「花園、合図頼《たの》むぜ！」

「あ〜、はいはい、位置についてーー」

「ちげえよ!?　レディーファイッ！　だろ？」

「え、なにそれ？　は、恥ずかし過ぎるわよ!?」

「しゃーねーなっ、俺が自分で合図すっぜ。藤堂、行くぜ」

俺と五十嵐君は手を握り合う。握った瞬間《しゅんかん》、五十嵐君は驚愕《きょうがく》の表情をしていた。

なるほど、力を競《くら》べる遊びか。

これは持ち手の場所によってテコの原理が働くからグリップが大事なんだな。指を掴《つか》む場所によって相手に伝わる力が変わる。

……ただ腕の力で押し倒《たお》す遊びじゃない。技術的な体系が予測される。ふむ、興味深い。

足と身体全体の筋肉が重要だ。

「レディー………ファイッ!!　行くぜっ!!　ッ??」

やはり陸上部という事だけあり、筋肉量が多い。足の筋肉と連動して力を伝えているが、身体のバランスが良くない。トレーニングをサボり気味なのだろう。この程度の力では──

「んぎぎぎぎっ……ちょ、まてよ……ぐぎぎぎっ……お、俺……本気なんだぜ⁉　動かねえよ⁉」

十数秒経《た》っても、五十嵐君は俺の腕を動かす事が出来なかった。

相手の腕をテーブルにつけたら勝ちなんだな？

俺はゆっくりと五十嵐君の腕を押していった。あんまり強くすると怪我《けが》をしてしまう。

「ちょっ、待てってって！　いててっ……う、腕がーー⁉　ストップストップ！　──はぁはぁ……藤堂すげえなっ……俺、力だけは自慢《じまん》だったのに、ははっ‼　やっぱ面白えわ‼」

五十嵐君は勝負に負けたのにすっきりした顔をしていた。勝った俺よりも喜んでいる風に見えた。俺はこんな風にクラスメイトと接した事がないから、どんな表情をしていいかわからない。

「陸上部に入ったら一気にエースになれんぞ。やっぱ入らねえか？　……いや、やっぱ今の陸上部は勧《すす》められねえな……」

「何故だ？　陸上部は──」

「ああ、陸上部って人間関係がちょっとな、まあ俺も美樹も落ちこぼれだし色々面倒なんだよ。まあいいや、今度ゲーセンとかで遊ぼうぜ！」

「善処しよう……あっ、いや、必ず遊ぼう」

「おう、約束な‼」

――その時、俺の背後から小さな存在の気配を感じた。俺はとっさに身体をひねり、ぶつからないようにする。

倒れそうになった女の子の姿が見えた。俺は女の子の襟首《えりくび》をつかんで倒れないようにした。

「むっ、笹身か」

ジタバタ手を動かしている笹身がそこにいた……。

第十話【笹身美々《みみ》】

中庭へ続く廊下《ろうか》を歩きながら手鏡で自分の顔を見る。今日も美々は可愛いっす。今日は絶対先輩《せんぱい》と仲直りするんだ。

二年生の教室に行っても先輩はいなかった。近くにいた女子生徒に聞いたら「はっ？あんなやつ知らないのさ！」と吐《は》き捨てるように言われた……。すっごく意地悪そうな顔してた。なんなんすか、あいつは。超《ちょう》ムカつく女っす。

他の生徒に聞いたら中庭でご飯を食べているという情報をもらえた。こういう時は可愛い自分はお得だと思う。私に話しかけられた男子生徒は嬉しそうだった。

自然と中庭へ向かう足が早くなる。拗れた時は経験上早く謝《あやま》るのが一番いいっす。きっと大丈夫……。

そう思うけど、あの時の先輩の変わりようが頭に残っている。

清水《しみず》先輩は陸上部のエースで部長。先輩は部外者。どっちを優先するかなんて明白だった……。

それにしても、グラウンドを走る先輩の足の速さは尋常《じんじょう》じゃなかった。朝のランニングは私に合わせて本気を出していなかったんだ。

清水先輩が霞《かす》んで見えるくらいの足の速さ。ちょっと格好良いと思っちゃった。

あの時は私の言い方が悪かったのも理解している。

でも、自分の欲が制御《せいぎょ》出来ない。この性格は一生直らない。

……美々の家は控《ひか》えめに言ってすごく貧乏《びんぼう》。陸上の推薦《すいせん》でこの学園に入れた。お母さんは私のために一生懸命《いっしょうけんめい》働いている。美々も部活の後にファミレスでバイトしてる。そうじゃないと生活が出来ないから。

だから、美々は選択《せんたく》を間違えちゃ駄目《だめ》っす。同級生も先輩も陸上部員もどうでもいいっす。

この学園の陸上部で好成績を残さなきゃ駄目っす。

先輩は美々が大会で優勝すると色んなものをくれた。嬉しかったけど……裕福《ゆうふく》な先輩の家が羨《うらや》ましかった。正直嫉妬《しっと》した……。

先輩は陸上部じゃない。陸上部の憧れの人で部長の清水先輩に嫌《きら》われたら、陸上部で生きていけない。うん、仕方ないっす。

……先輩は優《やさ》しくて甘《あま》いから、後で謝れば大丈夫そうと思った。頭が硬《かた》い清水先輩はあれくらい言わないと信じてくれない。

先輩の冷たい表情が頭に浮《う》かぶ。廊下を歩く足が止まる。先輩に会うのが怖い。きっと理由を話せば大丈夫……だと思う。

もう一度手鏡で自分の顔を確認《かくにん》する。心を落ち着かせてから再び中庭へと歩く。

先輩にとって美々は可愛い後輩だから大丈夫。先輩にも可愛いって言われた事があるし！　絶対許してくれるっす！

ここ最近先輩と会えないからすごく不安……。

朝のランニングでも姿が見えないし、学校でも会えない。上級生の教室に行くのは怖かった。

私が泣いて謝れば絶対大丈夫。

先輩から走り方を教わってからすごく身体が軽くなった。中学の大会では実力以上の成績が残せた。高校になっても同学年なら負けない、と思っている。

先輩が美々の身体を整体みたいにバキバキしてくれると、すごく身体が楽でいくらでも走れる。

いつも親切に丁寧《ていねい》に美々のトレーニングを見てくれる。いつも身体の心配をしてくれる。

それなのに私は先輩の事、ストーカーみたいに言っちゃって、早く謝らないと、拗れたままだと先輩と一緒《いっしょ》に走れない。

……先輩、意外とカッコいいからもっと自分を磨《みが》けばいいのに。そうすれば、美々は先輩の方に——


中庭に着くと先輩が誰《だれ》かと一緒にいる姿を見つけた。久しぶりに見た先輩はなんだか小《こ》綺《ぎ》麗《れい》になっていた。

それに友達といる姿を見るのは初めてだ。友達は誰もいないって言ってたのに。

あれは陸上部の落ちこぼれの五十嵐《いがらし》先輩と佐々木先輩っすね。あと、超《ちょう》美人が先輩を見つめてるっす……。悔《くや》しいけど、美々よりも全然可愛い……。なんかムカつくっす。

美々は深呼吸をして廊下のガラスに映る自分の姿にほほえみかける。大丈夫、私も可愛いっす。

うん、これなら先輩も許してくれるはず。手間がかかる可愛い後輩《こうはい》。それが私。

先輩へ向かって静かに走り出した。先輩はまだ美々に気がついていない。五十嵐先輩と話してる。

笑《え》みが自然と溢れる。うん、やっぱり先輩と走ってた時が一番楽しかったのかも。

距離が離《はな》れてそれに気がついた。

また一緒に走れると思うと嬉しい気持ちと愛《いと》しさが湧いてくる。先輩はおっさんっぽいのに可愛い。

美々は先輩の背中を抱《だ》きしめようとした。

「せんぱぁーい！　久しぶりっす！」

抱きしめようとした先輩の身体がどこにもなかった。

「あ、あれ⁉」

勢い余って身体のバランス崩《くず》して——あっ、ころんじゃう⁉

「むぐっ⁉　ごほっ、ごほっ」

「むっ、笹身か」

地面にぶつかると思ったら、襟首を掴まれた。衝撃《しょうげき》でちょっと苦しかったけど、転ばなくて良かった。

顔をあげると、そこには先輩が立っていた。やっぱり先輩が助けてくれたんだ。

「せ、先輩っ、ありがとっす！　やっぱり美々には先輩しかいないっす!!　先輩――？」

先輩は私の顔を見ていなかった。五十嵐先輩の方に向き合っていた。

「五十嵐君、怪我はないか？」

「俺《おれ》は大丈夫だぜ？　ていうか、藤堂って笹身と知り合いなのか？」

「ちょっと、五十嵐先輩は黙《だま》っててて！　私が先輩と話してるんっすよ！」

「相変わらず面倒な女だな。勝手にしろ」

ああ、外野はうるさいっす。今から先輩に許してもらうのに。

「先輩!!　……この前は清水先輩のせいでごめんなさい。仕方なかったっす。清水先輩に睨《にら》まれたら陸上部でやっていけないっす」

私は迫真《はくしん》の演技で先輩に訴《うった》えた。でも違和感《いわかん》を覚える。

あんなに優しかった先輩の雰囲気《ふんいき》がおかしい。先輩の表情が全く変わっていなかった。

そこに優しさのかけらも見られない。まるで別人のようであった。

背筋が凍《こお》りついて寒気がする――

「え、あ、せ、先輩……？」

こぼれ落ちるような声しか出せなかった。

何も感情が感じられなかった。物を見るような目つきってこういう感じなんだ……。

この前の事を怒《おこ》っているとか、愛想《あいそ》を尽《つ》かしたとかじゃない。あの時は、先輩が走ってグラウンドに行っちゃったからよくわからなかったけど——

先輩の瞳《ひとみ》は私を見ているけど、見ていない……。私という存在を認識《にんしき》してない。急に心が後悔《こうかい》で締《し》め付けられた。

わ、私、もしかして取り返しのつかないことを……。先輩の心を傷つけて……。

焦《あせ》りが意味のない言葉を生み出す。

「せ、先輩、ほ、本当に先輩っすか？」

恐怖心《きょうふしん》が心の奥《おく》から忍《しの》び寄る。足が震《ふる》えそうになる……。そ、それでも……。

「——どういう意味だ？」

「え、いや、全然雰囲気が違《ちが》うっす」

「君には関係ない事だ」

「な、何言ってるんすか？　わ、私と先輩の仲じゃないっすか。あの時の事は本当に謝ります」

「すまない、意味がわからない。俺と君はどんな関係だったのだ？」

感覚でわかる。嘘《うそ》を吐《つ》いていない。私の事を全然見ていない。怒っているわけじゃない。無関心なんだ……。

軽い気持ちだった。清水先輩とうまく行くために、先輩を切り捨てた。

そのせいで優しかった先輩の心がおかしくなったの？

そう思うと——心がズキズキと痛む。これって何？　わ、私……。

「さ、笹身美々っす。一緒に朝練をしてた、こ、後輩っす……」

「ああ、それは理解している。記憶の中にある。だが、俺にとって笹身はもう関係ない人だ」

先輩の言葉がナイフのように私の心に突き刺さる。言葉は平坦《へいたん》であった。平坦過ぎる言葉が切れ味を増していた。

「あ、謝り……たくて……」

「気にするな。俺はやっとわかってきたんだ。大切な人との関わりを。だから、俺をそっとしておいてくれ」

先輩が五十嵐先輩たちを見つめる。その顔は私の朝練に付き合っていた時よりも、悔しいけど輝《かがや》いていた。

私に顔を向けると、表情が無機的な物に戻《もど》る。

――怖い。今更《いまさら》ながら自分のしでかした事の重さに気づいた
「よーーっす！　藤堂っ！　えっと、花園さんだよね？　やっと会えたじゃん!!　藤堂からたくさん話聞いているじゃん！」

先輩の名前を呼びながら走り寄ってくる女子生徒。あれは、特別クラスの田中先輩だ!?

全然友達作ろうとしなくて、しかも有名芸能人の弟君がいるって噂《うわさ》の超美人ギャル――

先輩が田中先輩を見た時、先輩の空気がふんわりとした優しい雰囲気になった。優しい瞳がとても魅力的《みりょくてき》で、感情が溢れていた。


それは私が求めて欲《ほっ》したもの――


あれは清水先輩が悪いのに。私は悪くないのに……。

「田中、紹介《しょうかい》しよう花園だ。あっ、あと、こっちは五十嵐君と佐々木さんだ」

「あれ？　その子は？　なんか泣きそうな顔してるじゃん。大丈夫？」

「む、笹身、何故《なぜ》泣いているのだ？　保健室へ行くか？」

「────あ……」

美々はこの時、理解した。

自分勝手でわがままな過去の自分を殴《なぐ》りたかった。

────もう先輩と一緒に走れないんだ……。

美々は先輩から後退《あとずさ》り、踵《きびす》を返す。

演技だったはずの嘘泣《うそな》きが本物に変わる。慣れていたはずの惨《みじ》めな気持ちがひどく辛《つら》い。嗚咽《おえつ》が込《こ》み上げてきそうだった。先輩に見られたくなかった。心の底から後悔という感情が湧《わ》いてくる。

美々は廊下へ向かって走り出した────

地面から膝《ひざ》に痛みが伝わる。無茶苦茶《むちゃくちゃ》な走りが身体に負担をかける。

背中からよく通る声が聞こえてきた────

「────笹身。もう怪我は治っている。庇《かば》っている足の方が危ない。早く病院に行くんだ」

無感情なその大声が私の心に響《ひび》く。

それは感情が無くても先輩の優しさが伝わって来る。

その言葉が引き金で感情が爆発《ばくはつ》してしまった――

早く先輩の視界から抜け出したい。この場にいたくない。

もう先輩から美々は見えない。なのに、足を止められない。


――なんで……こんな私に……優しいんっすか⁉　う……うぅ……うわぁぁぁぁぁぁ〜〜〜〜〜‼


感情の波が襲《おそ》いかかる。私が今まで経験したことがないほどの心の痛み。痛くて痛くてどうしようもなかった……。走れば楽になる。いつも私は走って乗り越《こ》えたんだ。だから、走れば痛くなくなるんだ。

「あっ」

上履《うわば》きのゴムが切れて廊下を転がるように倒れてしまった。

足が痛い。膝が痛い。腕が痛い。そんな事よりも――心が痛い。自分のせいなのに。お母さんが買ってくれた上履き。貧乏な美々の家はスペアなんてもったいなくて買えない。

「上履き……、壊《こわ》れちゃった、っす。あ、ははっ……、どう、しよう……。お母さん、どうしよう、私……、おか、あさん、おかあさん……」

怪我をしたらお母さんを悲しませちゃう。お母さんの負担になりたくない。泣いているなんて知られたくない。怪我をしたら学園にいられない。お母さんは私が大会で優勝するといつも喜んでくれた。お母さんは笑っていてほしい――

突如《とつじょ》、脳裏《のうり》に先輩の笑顔《えがお》が浮かぶ。

あっ――、先輩も、笑って、くれてた、っす……。

私は飛んでいった上履きを拾って、人目も憚《はばか》らず泣きながら廊下を歩いた……。

第十一話【髪《かみ》を切る】

俺は自分の誕生日を知らなかった。書類には一月一日と書くようにしている。

誕生日が大切な日だと思わなかった。

だから俺は花園の誕生日をいつも忘れていた。それが日常であった。

＊＊＊

放課後の帰り道、俺は花園と下校をしていた。

田中とカフェに行く約束をしたのに、いまだ行っていない事を花園に伝えたら怒られた。

「剛、あんたね……。せっかく女の子がデートに行きたがっているならすぐに決めなきゃ駄目よ、馬鹿！」

「デ、デートなのか？　適当に時間を決めてカフェに行くつもりだったんだが」

「……カフェに二人でって、デートと変わんないでしょ？　一緒に目的の場所に行って……お喋《しゃべ》りして、他の所も見て――」

「ジュースを飲んだら帰ろうと思っていた」

「あんたダメダメじゃない。まったく、ならちゃんと予行練習しなきゃね。だって、あんた田中さんの事――良い子だと思ってるでしょ？」

「ああ。田中は良いやつだ」

「もう、そういう意味じゃないわよ！」

「どういう意味だ？」

「あんたには教えてあげないわよ」

「ふむ、意地悪な花園は久しぶりに見た。懐《なつ》かしいな」

「うっさいわね！　と、とにかく予行練習するわよ！　ていうか、あんた髪がぼさぼさなのよ！　ちゃんとした格好でデートしなきゃ駄目よ」


出かけるために髪を切る。……そんな選択肢《せんたくし》は一切《いっさい》思い浮かばなかった。床屋《とこや》さんは一度だけ行ったことがあるが、刃物《はもの》を持っている他人が背中に立つのがあまり好きになれなかった。いつも自分で髪を切っていた。床屋さんに行きたくない。

「……髪を切るのか」

「何よ、超嫌《ちょういや》そうな顔ね？　あんた昔っから床屋さん嫌《きら》いよね。仕方ないわね、私が切ってあげるわよ」

「あまり気が進まないが善処しよう」

「善処じゃないわよ！　ボサボサ頭でデートしたら田中さんに嫌われちゃうよ！」

「む、それは困る」

「ならちゃんと切るわよ。後でアパート行くから待ってなさいよ！」

「うむ、待機する」

ということで、俺は花園とデートの準備をする事になった。……デートとお出かけの違いがよくわからない。気にしなくてもいいだろう。それよりも他人に髪を切らせるのか。嫌だけど我慢《がまん》しよう。田中とのお出かけのためだ。

「あんた絶対家にいなさいよ！　ちょっと道具取ってくるからね」

俺のアパートの前に着くと、花園はそう言って自分の家へと走り去っていった。と言っても、俺のアパートと花園の家は歩いて数十秒だ。

俺はアパートに入り荷物を置く。そして、台所で飲み物の準備をする。

花園の好みは苦いコーヒーだ。俺はポットで湯を沸《わ》かしてインスタントコーヒーをカップに入れる。何もない家だけど、このカップは中学の時の花園が置いていったものだ。

アパートの中は静かだ。無駄《むだ》なものがないこの部屋は居心地《いごこち》がよい。

勉強するくらいしかやる事がない。俺は読みかけである動物の学術書を手に取る。勉強といっても、学園で習っている授業の予習復習をするわけではない。興味を持った論文を読んだり、若者の間で流行《はや》っている事を調べたり、数学のパズルを解いたりしている。

世の中は俺の知らない事だらけだ。飽《あ》きる事はない。


ほんの数分経ったところで、チャイムが鳴った。足音のリズムから花園だとわかる。俺は玄関《げんかん》の扉《とびら》を開ける。制服から私服に着替《きが》えた花園が立っていた。

「入ってくれ」

「お邪魔《じゃま》するわね。ていうか、あんたの家に入るのすごく久しぶりね。……中学の頃《ころ》と全然変わってないわね」

「コーヒーを用意した。飲んでくれ」

「あっ、ありがと」

出来立てのコーヒーが入ったカップを花園に手渡《てわた》す。受け取った花園はカップを見つめ、小さな声で呟《つぶや》いていた。「私のカップ……。えへへ……」

　その言葉の意味はわからない。だが、花園が嬉《うれ》しそうだと理解できる。俺はその様子を見ながら自分の分のコーヒーを飲む。花園と同じブラックコーヒーに挑戦《ちょうせん》してみた。コーヒーの良い匂いが鼻を抜《ぬ》ける、が……。

「……苦い」

「あんた昔っから苦いの駄目よね」

　俺は砂糖とミルクを大量に足して飲むことにした。花園はカップ片手にリビングへと移動していた。俺もリビングへと移動する。

「ていうか、相変わらず何も無いわね。よくわからない本ばっかりだしさ」

「髪は切らないのか？　早く終わらせたいんだが……」

「ん？　コーヒー飲み終わってからでいいわよね」

「別に構わんが……」

　花園は写真立てを見めていた。俺と花園が高校の制服を着て、花園の家の前で立っている写真だ。入学式の日、花園のお父さんが撮《と》ってくれたものだ。

　写真立ての横にはポメラニアンのぬいぐるみ、『ポメ吉《きち》』がいる。中学の時に花園に買わされたものだ。今では俺の大事な友達である。ポメ吉を人に見立てて話す練習をする時がある。

写真の中の花園を見ても懐かしさは感じられない。花園への感情は全てリセットしたからだ。

「その写真がどうした？」

「……懐かしいな、って思ってね」

想《おも》いを共有できない。俺にとってただの過去の出来事にしか思えない。胸は痛くならない。だが、しかし、心の奥がざわついているように感じた。

穏《おだ》やかな時間が過ぎる。花園は何を考えているんだろうか？　人の考えている事を推測するのは俺にはとても難しい。

……この時間が嫌じゃなかった。心が落ち着く。眠《ねむ》たくなってくる。感情を無くしても花園のそばにいるのは落ち着く。

コーヒーを飲み終えた花園がカバンから道具を取り出す。花園は珍《めずら》しく俺に微笑《ほほえ》みかけた。

「じゃあ髪切ろっか」

「う、うむ。ポメ吉を抱いててもいいか？」

「ええ……、髪が落ちるから駄目よ」

俺は曖昧《あいまい》に頷《うなず》く。すると花園はポメ吉を俺に手渡した。

「仕方ないわね。あとでちゃんとキレイにするのよ。ていうか、ケープの中で抱いてなさいよ」

「うむ、了解《りようかい》した」

これで少しは恐怖心がなくなるだろう。いくら花園でも刃物を手に持った他人は怖《こわ》い。

……どうして俺はそんな事が怖いと思うのだろうか？　記憶《きおく》を引き出しても検索《けんさく》に引っかからない。無くした記憶に何かあるのかも知れない。まあ気にしないでおこう。

俺はポメ吉を抱いて浴室へと向かった。

今日の花園は随分《ずいぶん》と饒舌《じようぜつ》であった。俺の髪を切りながら文句を言っている。

「だーっ、なんでこんな切り方してるの⁉」

「え？　そんなに短くするな？　もう遅《おそ》いわよ！」

「もしゃもしゃしすぎよ！　バリカン使って刈《か》り上げるわよ」

「あ、やば。ううん、大丈夫、修正できる範囲《はんい》よ」

「後は整えて……」

鏡に映る花園は真剣《しんけん》な表情で俺の髪を切る。俺はポメ吉を抱いているからか、あまり恐怖心が湧かない。不思議なものだ。以前床屋さんに行った時は、大騒《おおさわ》ぎになったものだ。危《あや》うく事件になるところだった。

チョキチョキという音が浴室に鳴り響く。花園は髪を切るのがとても上手《うま》いのだろう。いささか刈り上げ過《す》ぎではないかと思うところもあるが……。

少し眠くなってきた。最近俺の周りで色々起こったからだ。肉体的な疲労《ひろう》を感じることはない。精神的疲労の方が俺にとって重たい。


「ちょっと、あんた寝《ね》てんじゃないわよ。なんか話しなさいよ」

「……うむ、それでは花園とのデートのプランでも話そう」

「は、はっ？　わ、私とのお出かけはデートじゃないもん！　ただの予行練習よ！」

「それは失礼した。俺たちはどこに行くんだ？」

「そうね……、とりあえず映画でも見て」

「いや、俺は映画を見ても面白《おもしろ》さが理解できな――」

「いいから映画に行くわよ」

「わ、わかった」

花園はすっかり昔みたいに戻っていた。いや、昔よりも優しさというものを感じられる。

好意は一切《いっさい》無いが、良い事なんだろう。

「はい、これで終わりよ」

「おお、これはなんとスタイリッシュな……、いまどきの若者みたいではないか」

鏡に映る俺の姿はさっぱりしていた。まるで別人みたいだ。花園も満足そうな顔をしている。

俺が立ち上がり花園にお礼を言おうとしたその時――

「ちょ、狭《せま》いところで急に――きゃっ⁉」

「危ない――」

後ろに下がろうとした花園がバランスを崩した。俺はとっさに左手で花園の腰《こし》を支える。

壁《かべ》にでもぶつかったら大変だ。

「花園、気をつけるんだ」

「あ、あんた……、ち、近いわよ⁉」

「大丈夫《だいじょうぶ》だ。好意が無いから気にならない」

「あっ……」

俺は花園がどこかぶつけていないかチェックをする。見たところ大丈夫そうだ。花園は俺に身体を触《さわ》られる事を嫌う。中学の時にも同じような事があった。あの時は『あ、あんた、胸触ってんじゃないわよ！』と、こっぴどく怒られたものだ。

「すまない、身体的接触《せっしょく》は嫌いだったな。手を放すぞ」

「う、うん……、ううん……。わかってたけど……」

花園は俯《うつむ》いたまま意味がわからない事をつぶやく。俺の腕《うで》を掴んでいた。転びそうになったショックで気が動転しているのだろう。きっと怖かったんだ。俺がポメ吉を抱いているのと同じ理由だ。

「あはは、やっぱキツイわね。でもね、……イチから、やり直すって決めたもん」

「花園？」

「ううん、なんでも無いわよ！　ほら、髪の毛だらけだから掃除《そうじ》するわよ！」

「う、うむ、ポメ吉に髪が……」

「あんた、ポメ吉よりも私の心配しなさいよ！」

「善処しよう」

「善処じゃないわよ！」

一瞬《いっしゅん》だけ花園が暗い顔をしたのは気の所為《せい》だろう。前にみたいに明るく喋っている。俺は不安だった。自分の雰囲気が、表情が、声色《こわいろ》が、花園を怖がらせていないか。

花園は歯を強く強く食いしばっていた。あれは感情が高ぶっているときの花園の癖《くせ》だ。そんな事は覚えているのに消した感情は戻らない。

心の奥底《おくそこ》がざわついているような気がするのは何故だろう。

第十二話【予行練習という名のデート】

洗面所で顔を洗い、鏡で自分の顔を見つめる。地味でなんの変哲《へんてつ》もない顔だ。クラスメイトからはモブ顔と呼ばれた事がある。鏡に向かって笑顔の練習をする。引きつった顔になるだけでうまくできない。

昨夜熟読した美容雑誌を参考にして髪型《かみがた》を作る。コンビニでワックスなるものを買い揃《そろ》えた。

「問題ない……。が、問題はある」

今までリセットした時と感覚が違う。どんな出来事もキレイサッパリ消す事が出来た。なのに、花園といると心の奥にしこりがあるような気がする。

洗面台まで持ってきたポメ吉に問いかける。

「変わる必要があるのだろうな。真剣に」

ポメ吉から返事はない。当たり前だ。……ポメ吉はただのぬいぐるみだ。だが、愛着というものが湧いている。もしも俺がポメ吉への感情をリセットしたら、躊躇《ちゅうちょ》なくゴミ箱に捨てられる。

そんな事を考えると胸が痛くなった。リセットをしていないからだ。

小学校の頃は『大人』の命令は絶対だった。だから俺は自分を守るためにリセットを繰《く》り返した。

普通《ふつう》に生きたいと思っていた。だが、俺は努力をしていなかったんだろう。些細《ささい》な事でリセットをして逃《に》げていたんだ。

鏡に映る俺の目は濁《にご》っているように見えた。……こんな風になるために俺は自由になったわけじゃない。なら変わるんだ。

俺はポメ吉をそっと抱き寄せて、花園が写っている写真立ての横に置いた。

「行ってくる。留守は頼《たの》んだぞ」

無論返事はない。だが、俺の心に余裕《よゆう》が出来たような気がしてきた。俺は中学の頃に花園に選んでもらった洋服を着込《きこ》んで家を出た。

＊＊＊

最寄《もよ》りの地下鉄である有楽町線市ケ谷《いちがや》駅から豊洲《とよす》駅へと向かう。いつでも空《す》いている路線である。目的地はショッピングセンター内にある、ジュースが美味《おい》しい大きなカフェだ。ショッピングセンターには映画館があるからちょうど良いみたいだ。

待ち合わせ場所は豊洲駅前だ。……隣《となり》の家だから一緒に行けばいいと思った。が、花園いわく待ち合わせする事に意義があるみたいだ。意味がわからない。

それにしても今日は家を出てからずっと人の視線を感じる。特に女性からだ。さっきも電車の中で話しかけられて困ってしまった。うまく返事が出来ず俯いてしまった。

俺が変な格好をしているのだろうか？　いや、それはない。これは花園のおしゃれコーディネートなのだ。俺は花園を信じている。し、信じていいのか？

時間ちょうどに待ち合わせ場所である駅の地上出口へと着く。なんとも晴天の青空で気持ち良い。きっとデート日和《びより》なのだろう。

空間認識をすると、少し離れたところに不安そうな顔をして待っている花園を確認出来た。遠目でもわかるほど、今日の花園はおしゃれさんであった。髪型もいつもと違う。

こんな花園を見るのは中学の時に二人で旅行に行った時以来だ。心臓の鼓動《こどう》が跳《は》ねたような気がした。

うむ、気の所為だろう。早く花園のところへ行こう。

「ちょっ、何言ってるかわからないわよ⁉　え、『可愛《かわい》い』？　ちょ、触らないでよ⁉」

花園の近くに行くと、俺よりも先に外国人の男二人組が花園に話しかけていた。俺は首をかしげる。知り合いなのか？　随分と大きな身体をしている。

『俺たちスーパースターだから一緒に遊ぼうぜ！　こいつ可愛いな。どうせ日本人ならイケメンの俺たちに付いて来るだろ』

『ははっ、違いねえや。俺の筋肉を見たらイチコロだぜ。フランス語も英語もできなさそうだけど関係ねえな。とりあえず「可愛い」言ってればいいんだろ？』

『間違《まちげ》えねえ、がははっ！　試合まで暇《ひま》だからな！』

……南仏訛《なま》りのフランス語か。南仏にはあまり良い思い出がない。だからフランス語はあまり聞きたくない。花園の腕を掴《つか》もうとする男の間に入った。

困っていた花園は俺を見ると、安堵《あんど》の表情となる。

「あっ、剛。……よ、良かった」

『なんだこの優男《やさおとこ》は』『こいつの男か？　まあ関係ねえな、消えろや』

禿頭《はげあたま》の男が俺に顔を近づける。大きな顔である。何かの格闘技《かくとうぎ》をやっているのか、耳が潰《つぶ》れていて顔は傷だらけであった。

『なぜ俺が消えなければならない。俺は花園とお出かけをするのだ』

『はっ？　てめえフランス語喋れんのか!?　しかも南仏訛りじゃねえか！　俺たちはこの子と遊ぶからお前通訳しろや』

『なぜそんな事をしなければならない？』

『てめえは言う事聞いてればいいんだよ』

禿頭の男が花園の腕を掴もうとした。俺はその手を掴む。

この男が近くにいると魚臭《くさ》い南仏の匂《にお》いを思い出してしまう。リセットされた感情と歯《は》抜《ぬ》けの記憶。今はそんな感傷に浸《ひた》る場合じゃない。

今日は花園とデートの予行練習をするのだから。

花園に危害を加えようとする奴《やつ》は許さない。

あの頃の感覚に戻ってしまう——


『ジャンの腕掴んでんじゃねえよ！　やっちまえよ、ジャン！　……ジャン？　ど、どうした？』

ジャンと呼ばれる禿頭は焦った顔をしていた。なんてことはない、腕を掴んで動けなくしているだけだ。

俺はそのまま躊躇無くポリスに電話をかける。

１１０番である。

無理やり連れて行こうとするのは良くないことだ。

『今、ポリスに電話している。日本のポリスは優秀《ゆうしゅう》だぞ。お前らから感じるのは嫌な匂いだ。あ、ポリスですか？　今外国人に絡《から》まれています。――ちょっと返事して下さい。――ああ、失礼日本語に戻す』

『ポリスに電話しやがった!?　ジャン、逃げるぞ！』

『オ、オマール、待てよ。手が動かねえよ……、俺スラムにいたからわかるんだよ、こいつ関わったらヤベえ奴だ……』

手を放すと外国人の男たちは走り去っていった。俺は男たちの姿形を警察に伝えて、電話を切り花園に向かい合った。

不安気な花園であったが、すぐに顔色を取り戻した。

良かった。友達に何かあったら俺は――、俺はどんな気持ちになるんだ？　……何か掴みかけた気がした。気の所為ではない。確かに今俺は何かを感じた。

花園は長い黒髪《くろかみ》が光に照らされて綺麗《きれい》であった。いつもの適当な服とは全然違う。すごく可愛い服を着ている。それに薄《うっす》らと化粧《けしょう》もしていて、髪型もファッショナブルである。

思わず俺は息を呑《の》んでしまった。意識していなかったけど、やはり花園は女の子なんだ

――

……何か喋らないと。花園の不安をなくさないと。緊張《きんちょう》で言葉につまってしまう。

「――お、遅《おく》れてすまない。……い、いつもよりも、ふ、服が、か、可愛い」

「……ぷっ、ははは！　あんた何よその態度は？　ていうか、時間は丁度だったわよ。

……それにさ、可愛いって言ってくれて嬉しいけど、そういう時は服って言わないの！」

「なるほど、次は気をつける」

「うん、ありがとね。剛……カッコよかったわよ」

花園は俯きながら囁《ささや》く。普通の人だったら聞こえなかった声量だろう。だが、俺にははっきりと聞こえてしまう。自分の顔の体温が上昇《じょうしょう》しているような気がした。なんだか、恥《は》ずかしくなって俺はさらに動揺《どうよう》してしまった。聞こえなかったフリをする。

「な、何か言ったか？」

「なんでもないわよ！　ほら、行こ!!」

満面の笑みを俺に向けて、花園は先陣《せんじん》を切って歩き出した。

うむ、中学の時と変わらないな。

＊＊＊

俺と花園はショッピングセンターへと向かった。

その中に映画館がある。俺たちは歩きながら雑談を繰り広げる。なんだか新鮮《しんせん》な気分だ。

「えっと、剛と二人っきりで出かけるのって久しぶりだね……。また出かけられて……本当によかったわ」

「ああ、花園は素直《すなお》じゃないからな。俺には理解出来ない事が一杯《いっぱい》だった」

「う、うん……そうだったね。ふふっ、懐かしいわね。私って本当に馬鹿だったんだなって思っているわよ。あの時もっと素直になってればね」

「だが、俺が普通に話せるのは今でも花園だけだ。……感謝している」

「田中さんだってきっと大丈夫よ。一緒《いっしょ》のバイト先なんでしょ？　今日はデートのための予行練習だからビシバシいくわよ！」

「ああ、俺は花園を信頼《しんらい》してるぞ。他の誰《だれ》よりも」

「ば、馬鹿……もう、剛は素直すぎるんだよ。でもそこがいいんだろうね……」

そういえば、俺は花園に疑問があった。ちょっと聞いてみよう。花園が素直じゃない事は昔からわかっていたが、言葉で聞かないとわからない事もある。

「ところで、花園はなんで好きではない御堂筋先輩《みどうすじせんぱい》の事を好きって言ったんだ？　今でもそれがよくわからない。花園の好意をリセットした俺には理解出来なかった」

花園の足が止まる。俺は花園の言葉を待った。

「……ははっ、やっぱり、キツイな。でも、ううん、一緒にいられるだけで――」

大きく深呼吸をして花園は俺に言った。

「それはね、恥ずかしかったのよ。友達に茶化《ちゃか》されて、剛の事も馬鹿にされると思って……。とにかく、私が馬鹿で素直じゃなくて、周りの目を気にしていたの。好きだったのにね。剛が絶対私の事を好きっていう馬鹿な自信があったからかな……」

俺の頭が混乱しそうになった。情報をうまく処理出来ない。数学のパズルを解くほうが簡単であった。

「す、すまない。理解出来ない……」

「うん、理解しなくていいの。簡単に言うと、私の照れ隠《かく》し。そう、馬鹿な照れ隠し……」

「なるほど、照れ隠しか――」

俺はわかったようで、理解していない。それでも、花園はあの時、一から友達としてやり直してくれると言っていた。

消した前の俺の感情はもうわからない。だが、俺にとって花園は特別なんだろうな。

「……花園」

「うん？　なによ」

「――俺も花園が好きだったんだろうな。……それがどんな感情だったかはもう思い出せない。だけど、俺は精一杯《せいいっぱい》努力してその感情を思い出してみせる」

花園の洟《はな》をすする音が聞こえた。せっかくの綺麗な化粧が台無しではないか。

「馬鹿……、いいのよ。その気持ちはね、努力じゃなくて自然と出来るものなの。だから、剛は前へ進んでよね。今度は私が頑張《がんば》るからさっ！」

「色々と難しいな」

「別に難しい事ないわよ！　あんたは自分の気持ちのままに動けばいいのよ。大丈夫、何かあったら私がそばにいるから」

「それは心強い」

「うん！　もう映画の時間になっちゃうわよ！　急ぐわよ‼」

花園はくしゃくしゃな顔で俺に笑いかけてくれた。

やっぱり、感情豊かな花園の顔は素敵《すてき》だな、と他人事《ひとごと》のように思った。

第十三話【恋愛《れんあい》映画のようにはいかない】

恋愛映画を観《み》た――

主人公が過去に戻《もど》って彼女《かのじょ》とやり直す話だ。フィナーレでは、お客さんが感動して大勢泣いていた。隣で座《すわ》っている花園も大泣きである。俺は泣くことが出来なかった。

ストーリーの流れは理解出来た。だが、感情の機微《きび》がいまいち理解出来ない。流れるエンドロールのスタッフの数を数える事の方が楽しかった。

泣いている花園をどう扱《あつか》っていいか分からずオロオロしながらカフェへと移動するのであった。

カフェに着く頃には花園はすっかり元気になっていた。「すっきりした！」と言っていたが、悲しかったのではなかったのか？　疑問を胸にしまい込《こ》んでカフェへと入る。

今日のメインイベントである。美味しいジュースが飲めると評判のカフェに行くのが非常に楽しみであった。

カフェに入ってからも花園は映画の結末を引きずっていたのであった。俺は終わった映画の事よりもオーダーしたジュースが早く来ないかワクワクしていた。

「ていうか、マジでヒロインが可哀想《かわいそう》すぎよね？　主人公の男が超《ちょう》ムカつくわね……」

「そ、そうなのか？　どこらへんがおかしかったのか？」

「主人公が駄目駄目《だめだめ》過ぎて、ヒロインが全部犠牲《ぎせい》になって、それに……素直じゃなくて――」

「……なるほど、俺の予測は間違えてなかった。やはり主人公は駄目男だったんだな」

「うん、刺《さ》されてもおかしくないわよね」

「そ、それほどか……、少し興味が湧《わ》いてきた」

「はっ？　あんた一緒に観たのに楽しくなかったの⁉」

「話の内容は理解できたが、細かい感情の機微がいまいち理解できない」

「はぁ……、仕方ないわね、私が教えてあげるわよ！」

「うむ、お願いする。むっ、ジュースが来たぞ、花園、ジュースだぞ」

店員さんがテーブルの上にジュースを置く。離《はな》れていても漂《ただよ》ってくる香りの質が桁違《けたちが》いだ。花園のジュースは南国トロピカル風、俺のジュースは森のベリーフルーツ系である。

「楽しみだったんでしょ？　とりあえず飲みなさいよ」


俺は頷いてうやうやしくジュースを手元に持ってくる。強い香りが俺の鼻孔《びこう》をくすぐる。森の中をイメージできる。俺がサバイバルをしたジメジメした森ではない。爽《さわ》やかな木々の香りがして、大きな草原と繋《つな》がっているような森だ。

太めのストローでジュースを一口する。


——圧倒的《あっとうてき》な衝撃《しょうげき》を受けた。

脳内の細胞《さいぼう》が破壊《はかい》されたと思った。旨味《うまみ》と甘味《あま》とコクのバランスが素晴《すば》らしい。ベースのブルーベリーとブラックベリーは国産のものだろう。天然水を使用している。飲んだ後の喉《のど》から突《つ》き抜けるような清涼《せいりよう》感が凄《すさ》まじい。それにジュースをかき氷状にした物が忍《しの》ばせてあった。これが非常に良いアクセントを生んでいる。

俺の貧相《ひんそう》な語彙《ごい》では言い表せられない。

「美味しい」

その一言しか出てこなかった。

ふと、花園から強い視線を感じた。ジュースに夢中だったので気にしていなかったが、妙《みよう》に顔色が赤かった。

「どうした？　熱でもあるのか？」

「あ、うん、剛が笑ってるのって久しぶりに見たな、って思って」

「俺が笑ってる？　いや、それ以前に、俺は笑っていなかったのか？」

俺は自分の顔に手をそわす。なるほど、確かに口角が上がって微笑んでいるようだ。

「うーん、そんな風に自然に笑っている姿は久しぶりよ。あんたの笑顔《えがお》はいつも引きつってたもん」

「そ、そうなのか……。そういえば花園もジュースを飲んで笑っているではないか」

顔が赤くなっている花園はどこか嬉しそうであった。これこそ素敵な笑顔と呼んでいいだろう。花園は楽しそうに明るい声で俺に言った——

「笑ってるあんたにドキッとしちゃったのよ、バカ」

いつも強気で反骨精神にあふれる花園が素直で可愛らしい女の子に見えた。ジュースの衝撃を上回る何かを感じた。だが、それが何か分からない。今は分からなくてもいい。いつか分かる時が来るんだ。


「ところで次はどこにいけば良いんだ？」

花園の眉毛《まゆげ》がピクリと上がる。ちょっと怖い。

「もうっ！　カフェに入ってまだ二十分でしょ⁉　観終わった映画の話をしながら雑談をするの！　……田中さんとケーキを食べた時だって雑談したでしょ？」

——あの時は話が弾《はず》んで、時間を忘れるほど喋《しゃべ》ることが出来た。

「あ、ああ、それは失礼した」

そうだ。今はゆっくりとした時間を過ごせばいいのか……。

花園は嬉しそうに俺に話しかけてくれる。俺は言葉をつっかえながらも返答をする。

緩《ゆる》やかな時間が流れる。

気持ちが安らいで行くのを感じた――

＊＊＊

カフェを出た俺たちはショッピングセンターにある雑貨屋さんへと向かった。

「あんた寝てんじゃないわよ！　買い物するわよ！」

ジュースを飲んで満足した俺は眠くなってきた。だが、まだイベントは残っている。

「うむ、買い物をしなくては」

「そうよ、田中さんにケーキのお礼のプレゼント探さなきゃね！　話聞いてると、バイト先でお世話になってるもんね！」

「ああ、花園に一緒に選んでもらえると助かる」

ショッピングセンター内は恐《おそ》ろしく広かった。店舗《てんぽ》も沢山《たくさん》あり、俺一人だったら到底《とうてい》買い物ができなかっただろう。

「三階の雑貨屋さんに行こう！」

「了解だ」

雑貨屋さんには女の子が好みそうな品物が沢山置かれている。どのような用途《ようと》で使うかわからないものだらけだ。

「田中さんか〜、おしゃれだからね。ケーキのお礼だからあんまり高額じゃないものがいいわよね」

「そうなのか？　……これはなんだ？」

「これは美顔ローラーよ。ねえ、田中さんの趣味《しゅみ》ってなに？」

「わからない」

「う〜ん、じゃあ好きそうなものは……。あっ、このストラップ可愛い‼　でも田中さんの趣味じゃなさそうね。入浴剤《にゅうよくざい》とかどうかな？」

花園は小さなぬいぐるみが付いたストラップを置いて、入浴剤を手に取った。

「あっ、風呂《ふろ》は好きだって言ってたぞ。花園、これを買おう」

「ちょ、まってよ。プレゼントは色々考えてから買うの！　ほら、その方が心がこもるでしょ？　だから一回りしよ」

「う、うむ。ならば、俺はあそこにあるダンベルが気になる」

「そんなの駄目よ！　あっち行ってみよ！」

花園は昔のように俺の手を引こうとした。が、途中《とちゅう》で手を引っ込めてしまった。ためらいの表情が垣間見《かいまみ》える。

「あはは、田中さんに怒《おこ》られちゃうもんね」

「何故《なぜ》田中が怒るのだ？　手を繋ぎたかったら前みたいに繋げばいいではないか」

「うん……、今はいいや。ほら、こっちこっち」

花園は自分の手を後ろに回す。少しだけ気になるが、今はそんなことより買い物が優先だ。俺たちは館内を歩き回る。雑貨屋さん以外にも、洋服屋さんをみたり、アクセサリーショップに入ったりした。行く先々で花園は女性が好む物を俺に説明してくれる。

その表情は楽しそうであり……、少し悲しそうに見えるのは何故だろう？

長い時間ショッピングセンターを回ったが、結局一番初めに見つけたおしゃれ入浴剤を購入《こうにゅう》する事にした。

入浴剤を店員さんに綺麗に包装してもらい、俺はカバンに入れる。ふと、自分の顔の筋肉の変化を感じた。手で触ってみたら自分が緩んでいる事に気がついた。人にプレゼントを渡《わた》すことを考えただけでこんなにも感情が豊かになるんだ。

買い物が終わり、あとは帰るだけだ。花園もそれをわかってる。足はショッピングセンターの出口へと向かっている。

花園はまるで子供みたいな表情をしていた。楽しみだった遠足が終わるバスの中のように。

……遠足か。花園と同じクラスではなかった高校の遠足は寂《さび》しいものであったことを思い出した。俺は頭を振《ふ》って自分の事を考えるのはやめる。


——その時、頭に記憶の渦《うず》が奔流《ほんりゅう》した。花園との思い出だ。


『ちょっと、なんでこんな事も知らないのよ⁉』

『バカ、こっちは女子トイレでしょ‼　あんたはあっちよ！』

『私は友達と一緒に帰りたいのに、あんたの面倒《めんどう》を見てるわけよ。マジ勘弁《かんべん》してよね』

『ちょっと、男子。剛の事バカにしたわけ？　こいつをバカにしていいのは私だけなのよ‼』

『うん、うん、あんたは全力でマラソン走ったもんね。不正なんてしてないもんね。今日はおにぎり作ってあげるから元気だして……』

『あんたなんで誕生日プレゼントくれないのよ！　誕生日はとっても大事な日なのよ！』

『はっ？　同じ高校に行く？　……う、嬉《うれ》しそう？　そ、そんなわけないじゃない、バカ！』

『おっはよっ！　今日から高校生だからボサボサ頭どうにかしなさいよ』

『はぁ、あんたボサボサのままじゃない……。まあいいわ、今日は一緒にアイス食べて帰るわよ！』


俺は立ち止まってしまった。流れる思い出が止められない。

花園と出会った時、運動会の時、クラスでいじめられた時、班分けで独りぼっちになった時、遠足で一人現地に取り残された時、二人でお出かけした時、文化祭を一緒に回った時、陰《かげ》で花園を陥《おとし》いれようとした女子と対決した時、花園に叱《しか》られた時、誕生日を忘れた時

——


思い出の刃《やいば》が俺の心を切り刻む。鋼の心は傷ひとつ付かない。だけど——

「剛？　どうしたの？」

「……すまない、少しここで待っててくれないか？」

「え、ちょっ⁉　どこ行くの⁉」

「トイレだ」

「え？　さっき行ったじゃない⁉」

「すぐ戻る」

俺はショッピングセンター内を走り出した。

第十四話【大好きだった幼馴染《おさななじみ》】

「あんたいきなり走り出してびっくりしたわよ」

「す、すまない」

どれだけ走っても息が上がらないのに、俺の心臓がバクバクしている。病気を疑ったが、それは違《ちが》うとわかる。

「まあいいわよ。結構遅《おそ》くまでいたから早く帰るわよ。田中さんのプレゼント買えて良かったわね」

「ああ、素晴らしい買い物であった」

もう街は暗くなっている。俺達《おれたち》は駅へと向かう。待ち合わせなんて必要がない近所の幼馴染。帰る時は一緒だ。

行きは独りぼっちだったけど、帰りの電車では花園が隣に座っている。花園はつかれたのか、ウトウトしていた。気がつくと、花園の頭が俺の肩《かた》に乗っていた。俺は極力動かないように努力する。

「ふが……」

「ふむ、あまり可愛くないいびきであるな」

幼稚園《ようちえん》の頃《ころ》はよく遊んでいたらしい。その記憶《きおく》は今はない。多分、俺が消し去ったんだろう。記憶ごと消してしまうリセット。うまくリセットが使えなかった過去の事だ。

それにしても、花園は俺のリセットをすんなりと理解してくれた。もしかして、俺と花園の過去には同じような事があったのか？

残念ながら記憶の引き出しを探《さぐ》ってもよくわからない。この件は忘れよう。

でも、花園と再会した時は懐《なつ》かしい匂いを感じた。

今もその匂いは強く感じる……。

『次は市ケ谷――』

……む、もう駅に着いてしまうではないか。花園が起きる気配はない。というよりも疲《つか》れているだろうから起こしたくない。ならば――

俺は花園を起こさないようにそっと抱《だ》っこした。花園の身体は驚《おどろ》くほど軽かった。俺は荷物と花園を両手で抱《かか》えて電車から降りるのであった。

＊＊＊

最寄りの駅に着くと安心する。慣れない場所は疲れる。静かな住宅街であり学生街でありビジネスの街である。

「ねえねえあれ見てよ。彼女《かのじょ》超幸《ちょう》せそうだね」

「酔《よ》っぱらい？　てか、街なかですげえな」

「くそ、リア充《じゅう》学生め。イチャイチャしやがって」

「歩く速度早くね？」

周りの視線は極力気にしないようにする。それが俺の生きる秘訣《ひけつ》だ。それにしても花園は本当に疲れていたのだな。いびきをかきながらぐっすりだ。

「……うぅ……」

花園が目を薄く開いた。俺は立ち止まる。

「起きたか。立てるか？」

「ほえ？　…………え？　ちょ……。まって」

花園はもう一度目を閉じてしまった。どうやら状況《じょうきょう》を理解できていない。

──説明しよう。

「電車で眠《ねむ》ってしまった花園を起こしたくなかったから抱えて駅を出たのだ」

「あーー、理解したわよ……。って、そうじゃないわよ！　なんであんたお姫様抱《ひめさまだ》っこしてんのよ！　起こしてくれればよかったじゃないの！」

「そ、それはすまない……」

やはり俺は間違えてしまったんだ。最後の最後でうまくいかなかった。起こせばよかったのか。

頭の中で色々なパターンを高速思考で展開する。が、やはり俺にとって抱っこするのが最適解であった。

俺は花園をゆっくりと地面に立たせる。花園はきっと怒っているのだろう。予想と反して花園は落ち着いた言葉を放つ。

「…………別に、いいわよ」

「しかし、花園は怒っている」

「怒ってないわよ。……はぁ、私も前と同じじゃ駄目なのよ。……照《て》れ隠しよ。恥ずかしかっただけよ」

「ほ、本当か？　前の花園だったら烈火《れっか》のごとく怒《いか》り狂《くる》っていたのだ」

「だから、前も照れ隠しだったのよ、バカ‼」

確かに花園からは怒気《どき》を感じない。顔が少し赤くなっていて、口をモゴモゴさせている。

あれは嬉しい時の花園の表情だ。

「もういいわよ。早く帰るわよ」

花園はそっぽを向きながら歩き始める。

その時、急に懐かしい気持ちになった。過去の見えない記憶から引き出される俺の言葉
――
「まって、華《はな》ちゃん――」

「──えっ？」

花園は驚いて振り返る。俺は自分の言葉が自分のものじゃない感覚に陥《おちい》る。まるで子供みたいな口調であった。

「あんた、思い出したの？」

「い、いや、とっさに出た言葉だ。……すまない。俺が花園の事を何故『華ちゃん』と呼んだかわからない……」

「……そっか。剛、帰ろ」

花園の視線は、俺を通して俺ではない誰かを見ているようであった。

＊＊＊

帰り道、俺達の口数は少なくなっていた。歩調は自然とゆっくりしたものとなる。

最後の最後で失敗したかと思ったが、大丈夫《だいじょうぶ》で良かった。このまま別れるのは名残惜《なごりお》しかった。花園と出かけてすごく楽しかった。

こんな楽しい日が続けば良いと思った。

——俺が、もっと普通《ふつう》だったら。

急に罪悪感が俺の胸を締《し》め付ける。
俺が普通だったら、花園はもっと幸せだった。
どうして……俺は……人の心がわからないんだ——
心の声が突然《とつぜん》叫《さけ》び出す。
普段《ふだん》の俺からは考えられない葛藤《かっとう》が生まれる。
花園は俺の異変を感じ取ったのか、俺の顔を覗《のぞ》き込んだ。
「だ、大丈夫？　顔色——悪いよ」
問題ない、という言葉が出ない。
自分という存在が情けなくて悔《くや》しい。

「リセット、なんて、出来なければ、良かった——」
また、顔から汗《あせ》が出そうになる。大丈夫、我慢《がまん》できる。我慢なら俺の得意分野だ。いつもいつも我慢をしてきた。我慢というものは慣れだ。どんな事でも我慢できる。だから今回も大丈夫だ。深呼吸をすれば心に平穏《へいおん》が戻る。せっかくの花園とのデートを最後に台無しにしたくない。目から出る汗は無理やり止めればいい。

……なのに止められないのは何故だ？

背中に柔《やわ》らかい感触《かんしょく》が――

花園が俺の背中を優《やさ》しくさすってくれた。

「大丈夫よ、大丈夫。――剛はリセットしても変わらないわよ。大切な思い出はきっと残ってるわよ。……それに、剛はちゃんと成長してるわ！　……ほら、私がそばにいてあげるからね――田中さんとだってうまく行くわよ！」

胸が痛む。

あの時の痛みとは違う。

傷つけられた痛みじゃない。自分が生み出した痛みだ。

俺のせいで花園を傷つけた。俺が普通だったらそんなことはなかった。そのことを思うと心が痛い。尋常《じんじょう》じゃない痛み。

俺の背中を懸命《けんめい》に擦《さす》る花園。手が触《ふ》れている部分が温かい。痛みが和《やわ》らいでいくようであった。

俺は痛みを無視して声を絞《しぼ》り出す。

「花園――」

「なに？　気持ち悪いの？　大丈夫？」

俺はカバンから包みを出した。今まで誕生日なんてどうでも良かった。俺にとって特別ではない日だから。自分で考えて、花園の誕生日は特別なものだと悟《さと》った。

だから、俺はこっそり買っておいた――

「誕生日過ぎてしまったが受け取ってくれ」

花園の表情の動きが止まった。身体は少し震《ふる》えている。目が潤《うる》んでいるように見えたのは気の所為《せい》じゃない。

現実を見ろ。自分の行動を省《かえり》みろ。相手の感情を推測しろ。花園の心に踏《ふ》み込め――

「花園は俺の大切な、友達だ。――ずっと昔から、ありがとう……。俺の気持ちだ」

花園は震える手でプレゼントを受け取り、包みを解いていく。

ストラップが出てきた時、花園は口を手で覆《おお》った。

「剛……、わ、私……ひぐっ……私、誕生日覚えていたんだ。何も言わないから、また忘れたと思ってて……、だから、ひっぐ、剛が……」

違う、泣かせたかったわけじゃない。俺は、喜んでもらいたくて――

オロオロした俺を見て、花園は笑い出した。

「……馬鹿……違うわよ。嬉しくて、嬉しすぎて泣いちゃったのよ。剛、ありがとう。一生大切にするわ」

俺は花園から目が離せなかった――

胸が高鳴って、体温が上がっているのがわかる。

こんなにも花園の笑顔が美しかったからだ――

俺の自虐的《じぎゃくてき》な心が封《ふう》じこまれ、何故か花園を抱きしめたくなった。

身体が勝手に動く。

「えっ？」

だけど、抱きしめるなんて恥ずかしくて出来ないから――俺は花園の手を握《にぎ》って歩き出した――なんだか、昔みたいだ。覚えていないけど、きっと記憶の中に隠されているんだろう。

「早く泣き止《や》むんだ花園」

「バカ、泣いてるのはあんたでしょ」

「俺は泣いてない。これは汗だ」

「何言ってんのよ。全くもう……」

花園はストラップと、握っている手を嬉しそうに見ながら俺に笑ってくれた。前とは違う距離《きょり》感だけど、確実に何かが進んだような気がした。

第二章

my childhood friend called me a man of convenience behind my back, i want to reset my favor and live a normal youth.

第十五話 【本気で普通を目指す】

小学校の教室で一匹《ぴき》の友達が出来た。犬という生き物だ。犬の頭を撫《な》でると尻尾《しっぽ》を振って喜んでくれた。一緒に走って遊んだ。ご飯も一緒に食べた。

大人はそんな様子を嬉しそうに見ていた。

初めて俺《おれ》に友達が出来たと思ったんだ。なのに、犬は俺を残していなくなった。学校中捜《さが》し回った。どこにも見つからなかった。胸が痛くなった。ずっと一緒にいられると思ったのに……。俺は悲しみをこらえきれず……。

——感情をリセットした。

＊＊＊＊

なんだか不思議な気分であった。俺は朝の登校をしている。両隣《りょうどなり》には花園《はなぞの》と田中《たなか》がいる。最近は三人一緒《いっしょ》に登下校している時が多い。なんともにぎやかで楽しい登校である。

「花園さん、またね！　企業《きぎょう》見学の時は藤堂《とうどう》の事よろしくじゃん！」

「あ、そっか、田中さんは特別クラスだから行かなくていいのよね。りょーかい、また昼休みね！」

俺と花園は違う校舎へと去っていく田中の背中を見送る。

そういえば、花園と田中はまるで前から友達であったような空気感だ。

「ほら、剛《つよし》、教室行くわよ」

「うむ……」

「どうしたのよ。返事にキレがないわよ」

花園に切ってもらった髪《かみ》を触《さわ》りながら周りを見渡《みわた》す。刈《か》り上げを触ると心地《ここち》よい。

何故か学園の女生徒たちがざわめいていた。先日から視線の量が恐ろしく増えた。怖《こわ》いくらいだ。

「うわ、あの人が噂《うわさ》の？」

「うんうん、超イケてるっしょ！」

「特別クラスの田中さんと仲いいんだね。超お似合いだね」

「アイドルとかしてるのかな？」

「でもさ、今まで見たことなかったよね」

「うんうん、背も高いしスタイルもいいし、モデルじゃないの？」

「だれか話しかけてみてよ～」

「えー、イケメンだけど冷たそうだから怖いよ」

周りのざわつきが自分の事を言われていると理解している。……イケメンなんて今まで言われた事はない。彼女らは多分何か勘違《かんちが》いしているのだろう。知らない人の言葉は無視すればいい。

こういう時は決まって花園が変な表情をするのだ。なんというか、嬉しいのか怒っているのかわからないような後ろめたい顔だ。

「花園。この周囲の様子は一体なんなんだ？」

「あんたにはわかんないわよね……、今度ちゃんと説明するわよ。そんな事より遅刻《ちこく》するから行くわよ！」

花園はトコトコと歩き出したので、俺も教室へと向かう事にした。

花園と別れて自分の教室に入る。やはりここでも妙な視線を感じる。

最近の俺は学園生活が順調だと感じられる。無論、独りぼっちの時の方が圧倒的に多いが、花園以外の生徒とも会話ができる。

以前は、俺と花園の二人で世界が完結していた。今は違う。今朝のように田中とも交流を深めている。

それにしても、田中がいると心臓の鼓動《こどう》が少しだけ速くなるのは何故だろう？　……今度花園に聞いてみるか。

クラスメイトたちのざわつきをシャットアウトする。変な反応をして問題を起こさないように、聞こえているが聞こえてないフリをする。

余計な言葉は誤解を生む。経験談である。

流石《さすが》にこんなに視線を向けられると緊張《きんちょう》してしまう。やはり理由を花園から聞いておこう。

席に着くと、佐々木《ささき》さんが小声で挨拶《あいさつ》をしてくれた。

「お、おはよう、藤堂君。しょ、小説読んでるかな？」

クラスメイトと普通に会話をする。俺にとってすごい進歩である。

なるほど、趣味を通じて話が広がるんだな。

佐々木さんの勧《すす》めで小説を読み始めた。小説や映画、漫画《まんが》は俺にとって難しい話が多いから避《さ》けていた。理論的な論文を読む方が簡単な事であった。

この前の映画もそうであるが、物語を読み解くという事は興味深いものであった。登場人物の心情は理解し難《がた》いものばかりだけど、パターンを知ることができる。

「ああ、ちゃんと読んでる。今日はこの本を読む予定だ」

俺はカバンから本を出して佐々木さんに見せる。文字を読むだけなら瞬間記憶《しゅんかんきおく》があるから本を持ち運ぶ必要はない。しかしながら、実物の本でゆっくりと文字をなぞると違った感覚になる。だから俺は実物の本を持ち歩いている。

「あっ、キタカタケン先生の新作だね。ふふ、ケン先生は心情描写《びょうしゃ》に定評があるからね」

「うむ、一人称《いちにんしょう》で書いてあるから主人公のおじさんの心情がわかりやすい」

「ハードボイルドだけど読みやすいからね」

「佐々木さんは今はどんな本を読んでいるか？」

「私はね――」

そんな会話をしていると、佐々木さんの友達たちが近寄ってきた。

「美樹《みき》～、おはよう！　あれ？　珍《めずら》しいね。藤堂君と話してるなんて――」

「美樹の好きなカップリングの本持ってきたよ！　あっ、後で渡すね」

「あ、ありがと……、それはあとでね……」

佐々木さんとは一対一では喋れるけど……佐々木さんの友達とは喋った事がない。居心地《いごこち》の悪さを感じてしまう。佐々木さんは友達とそのまま会話を続ける。

俺は手に持っている本を読み始めた。そうすれば話す必要がなくなる。


「と、藤堂君、あのね……」

「美樹さ～、今日は部活ないんでしょ？　放課後どっか行こうよ！」

「私カラオケがいいな！　ミキティ、ボカロ好きだもんね！」

カラオケか。そういえば結局行ったことがない。学校の合唱コンクールで歌った曲なら歌える。校歌も歌えるな。歌を歌うことにどんな意味があるんだろう？

本を読んでいるが内容が頭に入ってこない。この主人公は何故こんなにも自虐的なのだろうか？　酒を飲んでいるが美味《おい》しいのだろうか？　何故そこまで執拗《しつよう》にシチューを煮込《にこ》む。

「あっ、その本私も読んでるよ～！　私意外と本好きなんだよね～」
「………………」
　これは俺に話しかけているのか？　それとも佐々木さんに話しかけているのだろうか？
俺はわからなかった。そういう時は――自分の殻《から》に籠《こ》もれば問題ない。
「あれ？　わ、私なんか不味《まず》ったのかな？　み、美樹～」
　佐々木さんは俺の机をトントンしてきた。困惑《こんわく》の眼差《まなざ》しを佐々木さんに向ける。どうい
う意味なんだ？
「藤堂君、藤江《ふじえ》ちゃんは藤堂君に話しかけているんだよ？」
　俺は顔を上げると、クラスメイトの藤江さんが気まずい顔をしていた。俺にとって見慣
れた顔である。
「す、すまない。俺に話しかけているとは思わなかった」
「あ、うん、いいよっ！　っていうか、佐々木さんと藤堂君っていつの間にか普通に喋れ
るようになったんだね!!　全然喋らないし、変な噂しか聞かないからさ～、なんだ普通に
喋れるじゃん」
「わ、私も五十嵐《いがらし》君を通して仲良くなったんだよ。と、藤堂君は全然変じゃないよ。花園
さんにはすごく優しくて、二人を見てるとこっちが照れちゃうよ」

「ふーん、やっぱ、六花《ろっか》のデタラメなんだね。あれだね、六花は好きな子を苛《いじ》めちゃうタイプだからな～。ていうか、美樹っていつも五十嵐君と一緒にいるよね？　なんかあやしいな～～？」

「ふえ⁉　い、五十嵐君は……ただの陸上部の仲間で……」

俺はどうにかしてこの会話に入ってみようと試みた。知らない人と会話をするのは怖い。

だが、俺は前に進むと花園と約束したんだ。

それに彼女《かのじょ》らは佐々木さんの友達だ。きっと悪い人ではないはずだ。

「五十嵐君は良い人だ。佐々木さんの事を非常に大切に扱《あつか》っている。佐々木さんと話している時の五十嵐君の体温と感情の変化は一目瞭然《いちもくりょうぜん》である」

「ちょ、ちょっと藤堂君⁉　は、恥《は》ずかしいよ……」

「きゃははっ‼　マジで！　ていうか、藤堂って……実は面白《おもしろ》い人？」

「俺か？　俺はただの普通の男だ」

普通か……、本当はわかっている。普通になろうとしているだけの異物である事を。

そんな俺に担任の先生からある提案されている。そろそろ決断をしなければならない。

そんな事を考えていたら先生が教室にやってきた。

藤江さんたちは佐々木さんに挨拶をして離《はな》れて行く。

佐々木さんは少し赤い顔をしているけど、満更《まんざら》でもなさそうであった。

なんだか心がほんわかしてきた。この前読んだ青春小説みたいであった。

＊＊＊

朝のＨＲの時間、直近の行事である職業体験の課外授業について先生が話し始めた。

学年全体で行われる課外授業である。

企業に訪問をして、どのような仕事をしているのか見学、体験をし、後日レポートをまとめて提出しなければならない。非常に興味深い内容である。

俺は自分が会社員をしている姿を想像できない。将来への漠然《ばくぜん》とした不安がある。

受け入れ企業は数社あり、班単位で行きたい企業を決める必要があった。

班決め……。俺にとって苦い思い出がたくさんある出来事だ。

中学の時のイベントは花園に助けてもらった。クラスメイトとうまく接する事が出来ない俺の面倒を見てくれた。それでも花園にも女子友達との付き合いがあるから男子がその中には入れない時もある。花園と同じクラスではない時は完全に独りぼっちであった。

クラスで何かのイベントの班を作る。体育の授業でペアを作る。文化祭で行う作業分担を決める。一人である俺はいつもあぶれていた。先生に言われて人数が少ない班に入る。そうすると、俺は自分が異物であると強く感じられた。クラスメイトの嫌《いや》そうな顔が忘れられない。

邪魔《じゃま》モノ。まさにその言葉がぴったりであった

――そういえば花園はストラップ喜んでくれたな。

……俺は花園の事を考えて現実逃避《とうひ》をしようとしていた。

このクラスには花園も田中もいない。

……大丈夫だ。少し寂しいけど、余ったところに入れてもらい、当日は一人で行動すれば問題ない。一人は慣れている。耐《た》えるという事は慣れている。

「じゃあ、適当に班決めてください。決まった生徒は黒板に書いてください。委員長、後は任せますよ」

クラス委員長である道場《みちば》が先生に代わり壇上《だんじょう》に立った。先生は教室を出ていった。ロングＨＲの始まりである。

「じゃあ、みんな初めは好きなグループになってね！　そこから調整するよ！」

予《あらかじ》めみんな班を決めていたのか、道場の合図とともに班の代表者が黒板に向かい名前を書き出す。

「えっと、あいつの漢字わかんねーよ。おい、前出て自分で書けよ！」

「私と、みよちゃんと春日《かすが》君と……」

「やべ、俺たちって多すぎじゃね？　お前あっちのグループと仲良いだろ？」

「そうだな、あっちの方が女子多いし俺が行ってもいいぞ」

「おう、楽しんで来いや！」

まるで俺の周りだけ空気が止まっているようであった。

俺は椅子《いす》から動けないでいた。どうしていいかわからない。強い疎外感《そがいかん》を感じる……。

和気あいあいとした空気感は好きだけどあの中に入れる気がしない。

――いつもの事だ。我慢すれば苦しい時間は終わる。

黒板の文字が埋《う》まってきた。俺以外全員の名前が記載《きさい》されていた。

「おっ、委員長、大体決まったんじゃね？」

「綺麗《きれい》に分かれたな～」

「うん、じゃあ後は藤堂だけだよ。えーと、どうしよっか？　前みたいにくじ引きにする？」

俺は道場さんの言葉に胸が跳《は》ね上がった。

綺麗に分かれた班の中に入らなければならない。

クラスメイトは班に異物を入れたくない。拒絶《きょぜつ》の空気が強く感じられる。

――くじ引き。それは俺を公平に班に入れるための手段。

前回もくじ引きであった。あたった生徒が悔しがっていた。クラスメイトにとって俺はハズレなのだ。心が冷たくなる程度の出来事で、今までは全然気にしていなかった。

でも今は違う。花園と友達になって――田中と友達になって――

俺の心は少しだけ変わった。

確かに俺は一人だ。他の生徒には迷惑《めいわく》をかけたくない。それ以上に、俺を友達と言ってくれる人が出来たのだ。

俺は手を挙げた。

クラスはざわついていて誰《だれ》も気が付かない。

「と、藤堂君。ねえ、私たちの班に入ろうよ？　と、友達にも言っておくから。ね、あとで五十嵐君も合流してくれるし」

佐々木さんがさっきから俺を見て、悩《なや》んでいたのはわかっている。

佐々木さんの判断で班に俺を勝手に入れると、彼女の人間関係に問題が起こるかも知れない。その言葉だけで十分だ。

これは――良好な人間関係を作らなかった俺の怠慢《たいまん》なのだから。

「ありがとう、佐々木さん。……少しだけ待ってくれ――」

――佐々木さんは良い人だ。五十嵐君にピッタリだ。これからも友達でいて欲《ほ》しい。

前に進もうと思う。自分の意思で、自分の行動で――

注目されるのは嫌だ。だが、それ以上に……、くじ引きで誰かのお荷物になるのはもっと嫌だ。

「くじ引きも嫌なの？　はぁ、じゃあ仕方ないから藤堂は私の班に――」

道場の言葉を遮《さえぎ》る。

「道場、くじ引きはやめないか？　俺は自分の意志で決める」

一瞬困惑《いっしゅんこんわく》した表情をした道場が、一拍《ぱく》置いて盛大《せいだい》なため息を吐《つ》いた。険悪な雰囲気《ふんいき》が流れクラスが静かになる。

「藤堂ね……わがまま言わないでよ？　みんな君を自分の班に入れたくないからなのさ。そんな事言わせないでよ？　全く……これだから友達いないのさ」

「なるほど、公平だ。だが――」

佐々木さんが「わ、私達の班で――」と言いかけたが、俺は手で制した。それを言ってしまうと、佐々木さんは教室で好奇《こうき》な目にさらされる。自分がされて嫌なことを人に与《あた》えるな。

「俺は一人でいい」

「はっ？　君は何言っちゃってんのよ。クラスの行事だよ？　そんなわがまま聞いてられないよ？　ていうか、みんなに聞いてみようか？　ねえ、みんなさ～、藤堂を班に入れたいかなっ？」

道場と一緒にカラオケ行った生徒たちが真っ先に声を上げた。

「ちょ、六花ちゃん～、それはキツイって……ははっ」

「ムリムリ、冗談《じょうだん》通じないもん」

「ていうか、陰《いん》キャの面倒《めんどう》なんてみてられねーよ」

「嫌《きら》われてんの理解してねえのかよ。マジうぜえな」

声が大きい生徒の陰《かげ》で俺を肯定《こうてい》してくれる数少ない言葉も聞こえてきた。

「別にうちの班でもいいぜ」

「ちょっと怖いけど私の班でも――」

「わ、私……」

声を出そうとする佐々木さんを手で制しながら俺は続ける。

「ふむ、確かに俺はあまり好かれていないようだ。無論、肯定してくれる生徒もいることを理解している。……友達でもない生徒を無理して入れるのはやはり問題だ。それならば、やはり俺は一人で構わない」

「はぁ……話聞いてないの？　企業見学は班で行動するものよ」

道場さんはため息を吐きながらも何故《なぜ》か媚《こ》びたような目つきで俺を見た。

「――そんなにくじ引きが嫌だったら、わ、わ、私の班に入ればいいよっ！」

くじ引きが嫌なわけじゃない。一人が嫌なわけじゃない。自分で物事を決められない自分の事が嫌になるのだ――

俺は壇上に向かって歩き出した。

道場さんの息を呑《の》む声が聞こえる。

「……あっ、やっと分かってくれたんだ？　ふふ、先生、意地悪なんだから――」

俺はチョークを手に取った。

第十六話【道場六花】

藤堂は私に向かってゆっくりと歩く。

私に話しかけてくると思ったら、通り過ぎて黒板の前に立つ。チョークを手に取り、そこで藤堂の動きが止まった。

藤堂、独りぼっちだからどうしようも出来ないよ。うちのクラスで藤堂と友達になれたのは私しかいなかった。黒板の前に来ても何も変わらない。

……全く、素直《すなお》に私に謝《あやま》って仲直りしてくれたらいいのに。そろそろ期末試験もあるから勉強会も復活したいし。

独りぼっちの藤堂が可哀想《かわいそう》だから自分の班に入れようと思った。

正直、カラオケの件は少しだけ冗談が過ぎちゃったと思ったのよ。でも空気を読まないと学園生活は楽しく送れないよ。

意地っ張りで頑固《がんこ》なんだから。もう仲直りしてもいいのに。

班分けの時、縮こまっている藤堂を見ていたら少しだけ可哀想に見えてきた。

……そりゃ、私も悪かったけど藤堂があんなに冗談が通じないなんて思わなかった。

図書室で私が近づくとドギマギしてたし。絶対私の事好きだったでしょ？　カラオケでは怒《おこ》って帰っちゃうんだもんね……。

私が班に入れてあげたら、また優しい先生に戻《もど》ってくれるよね？

——怖い藤堂は好きじゃないよ。この前藤堂が教室で怒ったのは私を困らせたかったんでしょ？　うん、大丈夫、私達は友達だよ。

カラオケで藤堂が私の事を待ってくれた時は本当に嬉《うれ》しかった。私のために——

冗談のあとで、一杯《いっぱい》甘《あま》えてあげようと思ったのにさ。

でも藤堂はいつまで経《た》っても怒ったままだった。冷たくしたら謝ってくると思ったのに
……、目も合わせてくれなかった。

痺《しび》れを切らして私がキレちゃったけど……、教室での藤堂の雰囲気が、とても怖くて
……。

やっぱり二時間も待たせたのが駄目《だめ》だったの？

学生ならそれくらいの冗談なんて普通だよ。

……私なんて、もっと、酷《ひど》い事を、された事あるよ。

ねえ、藤堂、トイレに入っていて水かけられた事ある？

十分前まで談笑《だんしょう》していた友達にいきなり無視された事ある？

体操服をボロボロに破られた事ある？

全然好きじゃない男の子に告白しなきゃいけなかった事ってある？

誰も味方になってくれなかった。突然《とつぜん》始まって、突然終わる。ただの冗談の延長のいじめ。私の次は違《ちが》う生徒がターゲットになるだけ。女子同士しかわからない嫌なルーティーン。

ほんの一ヶ月だったけど、私は二度と人を信じたくなくなった。

クラスメイトに友達なんていない。ただ、狭《せま》い空間の中に押《お》し込《こ》まれただけの繋《つな》がり。

だけど――

藤堂と過ごした昼休みは違った。

初めは利用できる男かと思った。勉強を教えてくれるなら好都合だと思った。君は他の生徒と全然違った。大嫌《だいきら》いな学園に行くのが楽しくなった。昼休みが楽しみになった。

頭が良いのに、どこか抜《ぬ》けていて、極稀《ごくまれ》に見せる笑顔《えがお》がすごくキレイで……。

私は藤堂が羨《うらや》ましかった。こんな風に純粋《じゅんすい》な子になりたかった。

それなのに――

藤堂は私と二人っきりで出かけたくないって言った。……悔しかった。意地悪したくなっちゃったの。花園とはいつも出かけていたのにさ。

気になる子には意地悪したくなっちゃうよね？　そんなの普通《ふつう》でしょ？

藤堂ならそれくらいわかると思ったのにね。図書室ではすごく優《やさ》しかったのに、急に冷たくなるなんて酷い男だよ。


もう勉強教えてくれないなんて――寂《さび》しすぎる……。


藤堂は動き出して、黒板に自分の名前書いた。どこの班にも属していない。黒板の端《はし》っこだ。次の瞬間《しゅんかん》、藤堂は自分の名前にバッテンを書いた。

「え……？」

チョークを置いて、誰に話すわけでもなく喋《しゃべ》り始める。

「なら、俺はこのクラスを出よう。……実は少し前に、先生から特別クラスへの移動を勧められていた。俺はもう少し誠実に生きてみようと思う。もしかしたらもっと変われるかもしれない。――それではこのまま職員室へ行って手続きを行う。あっ、佐々木さん、ありがとう、また本を貸してくれると嬉しい。大丈夫《だいじょうぶ》、いつでも会える、五十嵐君と一緒に遊びに来てくれ」

と、特別クラス⁉　げ、芸能関係や、運動や勉強がすごく出来たり……、通常のクラスとは別枠《べつわく》で数えられている特別なクラスなのさ……。

「ちょ、ちょっと待つのさ……。そ、そんなの私が許さないのさ！」

「ふむ、俺の決めた事に道場が口出す道理はない」

「それでも……。私達友達なのさ……」

「失礼、俺にはそんな思い出はない」

「あ……」

藤堂は私を見ていない。眼中にない。佐々木には優しい瞳《ひとみ》を向ける――

なんで私にはないの？　私とずっと一緒に過ごしていたでしょ⁉

冗談でいじめられていた時の一ヶ月間、ずっと嫌な気持ちになっていた。あの時の気持ちが蘇《よみがえ》る。寂しくて惨《みじ》めで悔《くや》しくてどうしようもなくて、泣きそうになるのをこらえていたんだ。


静まり返る教室を出て行く藤堂。私に一瞥《いちべつ》もしなかった。私は藤堂の大きな背中を見ている事しか出来なかった。

腹の奥《おく》に渦巻《うずま》く気落ち悪い感情。

自分のしでかした罪を自覚した瞬間。

取り返しのつかないモノを自分で壊《こわ》した感覚。

私、酷い事しちゃったんだ……。

溢《こぼ》れた水は戻らない。二人で過ごした図書室の時間は二度と戻らない。勉強会が無くなってから昼休みになるといつも思い出していた。楽しかったんだ。一緒にいたかったんだ。大事な友達だったんだ。なんで、意地悪しちゃったんだろう。なんで、あんな事……。

「と、藤堂――」

私の声だけが静まり返った教室に響《ひび》いた。

第十七話【前を向くのは俺だけじゃない】

教室を出て職員室へまっすぐ向かい、次の授業の準備をしている担任の先生に声をかけた。

特別クラスへ移動する意思を伝えたら先生は喜んでいた。自分のクラスから特別クラスへ行ける生徒が出たからだ。

別に俺は特別なんていらない。普通の生徒になりたいだけだ。だが、特別クラスへ移動する選択《せんたく》をしたのも俺自身だ。

「ところで特別クラスはどこにあるんだ」

「藤堂君……、先生には敬語を使いなさい」

「これは失敬、どこにあるのですか？」

「……君は高校生らしくない口調ですね。あとで書類を渡《わた》すからそれに記入。その後、事務処理をしてからの移動となります。大体一週間程度でしょう」

「う、うむ、了解《りょうかい》した」

「……敬語」

「か、かしこまりました……」

なるほど、流石にすぐには移動できないようであった……。

……当たり前である。

それでも、来週中には移動できるようだ。

どうやら先生たちは俺の異常性を薄々《うすうす》感じていたらしい。手を抜いていたつもりだったが、俺が時折見せる学力、運動能力に何か感じる事があったようだ。

なるほど、優秀《ゆうしゅう》な大人が多い学校なのだな。

先生の提案で一度だけテストを受けた。そこまで難しくないテストであった。以前だったら真面目《まじめ》に受けなかっただろう。目立つ行為《こうい》は学園生活を苦しいものにすると思ったからだ。

花園とのデートの後、俺は自分の変化を感じた。その試験を真面目に受けようと思った。

先生はテストの結果を見て、呆然《ぼうぜん》としていたのを覚えている。

やりすぎてしまったのだろうか？

しかし、あまりにも簡単過ぎる問題であった。俺が小学校にいた頃《ころ》に解いた問題ばかりであった。

試験の後、先生は俺に特別クラス行きを勧めてくれた。尖《とが》った能力の持ち主が学園生活を快適に送るためのクラス。

俺は「大人」を信じていいかわからない。

あいつらは、俺を壊そうとした。

……この学園の先生は違うと頭では理解している。

だが、心に残った記《き》憶《おく》は忘れられなかった。それでも俺は前に進もうと思う。勝手に信じて、裏切られたら仕方ない。諦《あきら》めるしかない。

職員室を出て、俺は自分の教室へと戻った。俺はまだあのクラス在籍《ざいせき》である……。

教室の扉《とびら》の前に俺は立つ。非常に入りづらい。

――これが気まずいという事だろう。なるほど、良い経験として俺の糧《かて》になった。特別クラスに行くと言って教室を飛び出してから、十五分しか経っていない。

……あれだけ教室の雰囲気を悪くして出て行ったのに、何事も無く教室へ戻るのがとても恥ずかしかった。

ど、どうしよう――落ち着くんだ。

企業訪問は特別クラスで行く予定になったから、班決めに加わる必要はない。特別クラスは出席しない生徒も多いから、一人で行っても構わないそうだ。……田中も行くのだろうか？　田中と一緒に行けるかも、と期待している自分にひどく驚《おどろ》いた。

――よし、こっそり教室に入ろう。気配を消そう。俺《おれ》の得意な分野だ。

気配を消そうと心を無にしようとしたら、自然と扉が開いた。いがぐり頭の野球部の山田君がそこにいた。なんと……。

「おっ、帰って来たぜ！　おい、藤堂、お前すげえな！　なんたって特別クラスだぜ？東大入るよりも難しいって言われてんだぜ。あれか、六花に勉強教えてたから勉強枠《わく》か？かーーっ、頭良かったのか！　教えて貰《もら》えばよかったぜ！」

その隣《となり》にいるのはサッカー部の春木《はるき》君だ。山田君と仲が良くてクラスの中心人物である。

「山田～、声でけえよ。藤堂困ってんだろ？　おう、藤堂も早く中に入れよ」

今はロングHRの時間。班分けが決まったら自習になる予定である。

クラスメイトは軽い雑談をしながら教科書を開いていた。

恥ずかしがり屋の佐々木さんが、目立つのも構わず俺の方へトコトコ近づいてきた。

「……と、藤堂君……わ、私……役に立てなくて……ごめんなさい……」

佐々木さんの友達は佐々木さんを温かい目で見守っていた。やっぱり佐々木さんは愛されているんだな。ハムスターみたいな見た目だからだろう。

「佐々木さんは悪くない。俺が特別クラスに行く事を言えなかっただけだ」

「す、すぐに行っちゃうの？」

「……いや、来週中だ。佐々木さん、話しかけてくれてありがとう。嬉しかった」

「わ、私、藤堂君の事怖《こわ》がって、隣の席なのに話せなくて――、ク、クラスのみんなにも藤堂君がとても良い人だっていう事を知って欲しかったのに……全然出来なかったよ」

「問題ない。俺がクラスメイトとうまく話せなかっただけだ。それに佐々木さんとは友達になれた……。お、俺と佐々木さんは友達で良かったのか？　勝手に俺が決めてしまってもいいのか？」

「大丈夫、私と藤堂君は友達だよ。あ、藤江ちゃんだって藤堂君と話したがっていたんだよ！　班も一緒《いっしょ》でも良いって言ってくれたし！　も、もっと早く相談出来れば――」

人間関係は難しい。佐々木さんでさえ、一つ間違《まちが》えば色々大変な事になる。だから、佐々木さんが迷っていたのは仕方ない事だ。俺は五十嵐君と佐々木さんには感謝をしている。

普通の青春というものを肌《はだ》で感じる事が出来た。佐々木さんと五十嵐君を見ていると背中がムズムズする。小説だけでは経験出来ない事であった。


——俺もいつか体験出来るのかな？

花園と手を繋いだ記憶が浮《う》かび上がる。田中の匂《にお》いが記憶を呼び起こす。俺は頭を軽く振《ふ》って佐々木さんに微笑《ほほえ》みかけた。

「——佐々木さん。ここは学校だ。いつでも会える。五十嵐君と一緒に会いに来てくれ。もちろん俺からも会いに行くぞ。むっ、やはり佐々木さんは五十嵐君の話をすると、感情のゆらぎが落ち着く。青春とは素晴《すば》らしいものだ」

佐々木は俺の顔を見て——固まっていた。

どういう事だ？　じょ、冗談を返してくれると思ったのに？　俺はまた何か間違えたのか？

「藤堂君——笑った顔、すっごく素敵《すてき》だよ。……絶対、花園さんと田中さんに見せてあげてね？」

俺は胸をなでおろした。間違えてなかった。些細《ささい》な事だけど——俺は成長出来たんだな。

そうか、俺は笑えていたのか。

俺と佐々木さんが席に戻ろうとすると、クラスメイトの一部から声をかけられた。佐々木さん曰《いわ》く、みんな俺の事を心配していたらしい。いや、これは佐々木さんのおかげだ。佐々木さんを通して俺を知ってくれたんだ。

「なんだ、藤堂って意外と普通じゃん？　誰だよ、半グレをボコボコにしたって噂《うわさ》流したの」

「ほら、いつもコンビニにたむろしてる奴《やつ》らいるじゃねえか。あいつらからだよ」

「てか、この前から超《ちょう》イケメンになってね？　気の所為《せい》じゃないよね？　花園さんと付き合ってんのかな？」

「特別クラスの子と仲良いって話聞いたぞ？」

「藤堂っ、俺に勉強教えてくれ！　この問題がわかんねーんだよ！」

「馬鹿、雰囲気ぶち壊しだ！　ていうかお前だけ、ずりーよ！　そういうのは無しにしろや」

「ねえ、さっきの笑顔――ヤバくね？」

「うんうん、あんな顔されたら、ね？　ヤバイよね」

「六花ちゃんが好きになっちゃうのもわかるかも……。あっ、言っちゃった、へへ」

　俺は混乱する頭を切り替《か》える。問題に対処する。

「俺は普通を目指しているだけだ。暴力は嫌いだが、身に降りかかる火の粉を払《はら》う必要がある。俺のコーディネートは花園にまかせている。花園とは男女の関係ではない、大切な友達だ。田中も大切な友達である。勉強は遠慮《えんりょ》しておく、面倒を招きたくない。やはり俺は怖かったのか？　これからは廊下《ろうか》で会った時は普通に話しかけてくれ。佐々木さんは良い人だ。笑顔についてはよくわからない。きっと嬉しいのだろう。ヤバいの意味はわかるが、この場合のヤバいはどんな意味なのだ？　六花……道場のことか。道場との思い出は全て無くなった。もう関係ない」

　俺は初めてこんなに一杯《いっぱい》喋《しゃべ》った。クラスメイトたちは一瞬《いっしゅん》キョトンとしたけど、笑い声をあげた。その笑い声は――俺を馬鹿にして笑っている感じではない。何か温かい空気を感じる。

　クラスメイトは佐々木を通して俺を見てたんだ。

なるほど、笑うという行為はストレスを発散させることができるんだな。傷つける行為ではなかったんだ。

笑っていない生徒も数名いる。あのカラオケの時のメンバーが大半である。気にする必要はない。

視界に入れないようにしていたが、道場はずっと泣いていた。嘘泣《うそな》きではない。道場からは感情の高ぶりを感じられる。抑《おさ》えられない嗚咽《おえつ》が聞こえてくる。

道場の周りには誰もいない。

俺には泣いている理由はよくわからない。だが、先ほど俺に話しかけた後で泣いてしまった。俺に問題があったのか？

道場は俺に悪意のある冗談を振りまいた。

それに彼女への好意はリセットされている。

小さな事から問題は大きくなる。初期対応の動きで問題の解決速度が上がる。

きっと人間関係も一緒なんだろう。

どんな事があったにせよ女の子が泣いているのは見てて気持ちの良いものではない。

俺は自席に座《すわ》らず、道場に近づいていった。

顔を上げた道場の顔は涙《なみだ》と鼻水でぐしゃぐしゃであった。

俺には理解出来なかった。俺は道場とまともに喋っていない。

ただ、俺の意思を伝えただけだ。


——怖がらせるな。花園と話す時のようにするんだ。

「何故道場は泣いている？」

「——ひぐっ、な、泣いてなんかないよ。……ひぐっ、だって……藤堂が……」

「俺が？　俺は道場と関わりを無くしたはずだ」

「な、なんでそんなに冷たいの……。わ、私が意地悪したから怒ってるんでしょ。あ、謝るから——ご、ごめんな——」

「いや、謝罪の必要はない。どうやら俺のせいで泣いているんだな？　俺が悪かった。道場の意地悪を冗談だと思えなくて。心が痛くなるくらいなら、思い出を消してしまおうと思っただけだ。だから道場は悪くない」

「わ、悪いのは、私よ、い、意地悪なんてしなきゃ——」

「すまない——」

「な、なんで謝るのよ……。き、嫌いになれないじゃない……、なんでそんなに優しいの！　君の事騙《だま》したのは私なの！　私の事責めなさいよ――」

「出来ない――」

「あ、あんたが責めてくれなきゃ――わ、私――意地悪なんてしなきゃ……私……謝らせて……お願い……苦しいの……」


　頭の中で、今までの経験を構築する。

――道場は後悔《こうかい》をしている。俺に悪意をぶつけた事を。それがカラオケの件を指しているのがわかった。俺は道場への好意をリセットした。関係ない人になった。

　道場との勉強会。頭がすこぶる悪かった道場の勉強方法は散々であった。つい口に出してしまった。

　道場は『君、地味だけどすごいね！　ねえ、私に勉強教えてよ！』目をキラキラさせて俺に言った。

　意地悪な冗談を言ってくるけど、明るくて自由奔放《じゆうほんぽう》な道場は人間味が溢れていた。可愛らしい人であった記憶がある。そこに感情は伴《ともな》わない。

俺も道場と話すのは楽しかったのだろう。

――だから、悪意が激しい刃《やいば》と化す。落差が俺の心を切り刻んだ。

リセットしたら本当に全て終わりなのか？　俺は自問自答する。

「ね、ねえ……ほ、本当に特別クラスに行っちゃうの？」

「ああ、先生と話した。来週にはこのクラスを出る」

「わ、私のせい？　わ、私がこのクラスにいるから？」

俺は首をかしげる。見当違《けんとうちが》いである。

「道場の事と関係ない。俺は俺の意思で特別クラスに行く」

「な、なら、謝らせて――お願い――わ、私――もう、二度と藤堂と関わらないから――」

道場の吐息《といき》が荒《あら》くなる。少々過呼吸気味になっている。あまり良くない状態だ。

「道場――」

心に任せて喋るんだ。

「俺はクラスメイトとカラオケに行くのがすごく楽しみだった。友達がいない俺を誘《さそ》ってくれて嬉しかった。だから誘ってくれてありがとう。だけど、俺は……誰もいない場所で待っていてすごく寂しかった」

「あっ……」

青ざめた顔の道場の身体が震《ふる》えてる。体温が低下している。自分の罪に押し潰《つぶ》されそうな表情。

自分の言葉がうまく伝えられない。もっと違う言葉があるはずだ。

……道場はクラスで一番初めに友達になった。その事実は残っている。

俺は一緒に勉強できて楽しかった。勉強を教えるだけの都合の良い友達でも良かった。普通が実感できた。

俺は道場に感謝をしている。――たとえ、感情をリセットしたとしても感謝の気持ちは忘れない。

「俺は道場に関わるな、と言った。道場もこれ以上俺に関わらない、と俺に言った」

「う、うん……」

道場の鼻水が制服にたれそうだ。俺はハンカチを取り出す。

道場の顔をハンカチで拭《ぬぐ》う。

「──んっ⁉　と、とう……」

俺はハンカチをそのまま道場に渡した。

「道場。関わらないって言われると寂しいんだな。心に穴が空くみたいだ。……なら、俺はもう言わない」

「と、藤堂？　でも、わ、私、藤堂に関わっちゃ駄目。藤堂の気持ちを踏《ふ》みにじって……私調子に乗って……」

ああ、二度とあんな気持ちになるのはゴメンだ。それでも人は成長できるんだ。

俺だって花園がいなかったら──

俺はポケットからもう一枚のハンカチを出した。一枚では拭いきれない涙と鼻水。

そっと道場に手渡《てわた》す。俺は思っている事をそのまま口に出した。

「俺の勉強会が無くても、いつかまた、自分を許せる時が来たら……カラオケに誘ってくれ」

道場の嗚咽が激しくなる。

「ひぐ……ひぐっ……、と、藤堂、ごめんなさい……私……傷つけて……ごめんなさい……私、ひっぐ」

関わるつもりが無かった道場と感情をぶつけて喋った。この結末が良いのか悪いのかわからない。

それでも、俺の胸の内は不思議とスッキリとしていた。道場は俺のハンカチを握《にぎ》りしめながら、人目も憚《はばか》らず、子供の様に泣きじゃくっていた。

第十八話【恋心《こいごころ》とは】

週明けには特別クラスに移動をする。

特別クラスの校舎はここから少しだけ離《はな》れている。なんてことのない距離《きょり》だ。放課後の中庭のベンチ。俺と花園は田中を待っていた。生徒たちが部活の準備をしているのを眺《なが》める。

同じ生徒なのに、部活がある学生は長い時間学園に滞在《たいざい》している。仲間と一緒に汗《あせ》を流す。青春である。帰宅部では経験できない視野が広がる。

バイトをするか部活に入るか迷った時期もあった。

結局、社会勉強も兼《か》ねてアルバイトを選択した。バイトをしてみて、仕事の大変さを理解できた。職場はどこか学校と似た雰囲気を感じた。

あれは、学園が社会の縮図として成り立っている、という事を理解することができた。

「田中さんが一緒のクラスだから安心ね。……藤堂、よ、良かったわね」

「ああ……どうせなら花園も特別クラスにくればいいのに」

俺の心からの言葉だ。田中がいるとはいえ、知らない校舎に行くのは心細い。

「ちょ、それは無理よ。私普通の成績だし、人並みの運動しかできないわよ」

「む、それなら、俺の付き添《そ》いという事で――」

「あんた何言ってんのよ？　……あんたなら大丈夫よ。私がいなくても、間違えても進めるわよ」

笑った花園の顔はやはり美しい。

人の美醜《びしゅう》には興味がない。芸能人と呼ばれる人間の顔はみんな同じに見える。

画面を通して好感を持つことが出来ない。今の花園はとてもキレイに見えるのは何故だろう？

「よーっす‼　お待たせっ‼　今日はバイトないからやっと一緒に帰れるじゃん！」

田中が小走りで俺たちに向かって来た。

花園は田中に手をふる。

「波留《はる》、お疲《つか》れ様《さま》っ！　あ、ちょっと待って……、髪《かみ》がボサボサじゃないのよ？」

「うへへっ、爆睡《ばくすい》してた……、寝起《ねお》きで急いで来たじゃん」

「もうっ、授業中は寝《ね》ちゃ駄目だよ。あれ？　剛、あんたどうしたの？」

花園が田中の髪を櫛《くし》ですく。田中は嫌《いや》がりながらも抵抗《ていこう》しない。

俺は二人を見つめていた。

何故か心拍数《しんぱくすう》が上がっている。……覚えのない感情がほんのりと湧《わ》き上がる。

——これは友達としての好意の感情か？　確かに、以前花園に抱《いだ》いていた好意と似ているが。

だが、あの時の感情とは少し違う。そもそもあの時と似た感情は――五十嵐や佐々木にも抱いた。好意の感情って一体なんなんだ？　家に帰ったらノートにまとめよう。

田中が俺の身体に体当たりしてきた。ふわりと田中の匂いが俺にまとわりつく。優しい匂いだ。眠《ねむ》くなってくる。

「ふふっ、藤堂、明日はよろしくね！　楽しみにしてるじゃん！」

「…………」

「ちょ、あんた聞いてるの？　波留はあんたに言ってんのよ⁉」

「む、すまない、少し眠気《ねむけ》が……」

俺がそう言うと、田中が心配そうに俺の額に手を置いた。

「藤堂大丈夫《だいじょうぶ》？　風邪《かぜ》引いてない？　熱あるかな？」

ひんやりとした手の感触《かんしょく》が気持ち良い。が、何故か非常に恥《は》ずかしくなってきた。

この気持ちは一体……。俺は困った顔をしながら花園を見つめる。

「花園、助けてくれ……」

「はんっ、知らないわよ。ていうか、あんたが恥ずかしがるって珍《めずら》しいわね」

「熱はなさそうじゃん！　ていうか、恥ずかしがってる？　全然わかんないじゃん」

「ほら、耳の先っぽが少しだけ赤いわよね。剛が恥ずかしがってる証拠《しょうこ》よ」

なんと、俺も知らなかった事実を花園が知っているとは……。

「さっすが華《はな》ちゃん！」

俺はベンチから立ち上がり、態勢と心を整える。……問題ない。

「ふむ、明日のデ、デートの件の事だな」

「ふえ？　デートだったの⁉」

田中が驚いた顔で花園を見る。俺も困ってしまって花園を見つめる。

「ちょっとあんたたち私の顔見ないでよ！　二人っきりで出かけるからデートでしょ！

剛もうじうじしないの！　さっさと帰るわよ！」

花園がベンチから立ち上がり歩き始める。俺と田中が遅《おく》れてその後を追う。俺たちの間に会話はない。しかし、いつもよりも田中の距離が十センチほど近いような気がした。

心臓の鼓動《こどう》が速くなる。この気持ちは一体なんなんだろうか？

気がつくと、田中が俺の横顔を見ていた。

「……あ、明日のデート……、楽しみにしてるじゃん」

いつもよりも小さな声だけど、俺の頭に直接響くような声色《こわいろ》であった。

「あ、ああ、ぜ、善処する――」

なんだか、久しぶりにその言葉を使った気がした――

花園に追いつき俺たちは三人で下校道を歩く。

「──というわけで、俺は特別クラスに行くことにしたんだ」

感情を排除《はいじょ》して客観的に自分の状況《じょうきょう》を二人に説明した。

「ふーん、藤堂は最後にはクラスメイトと普通に喋れるようになったんだ。良かったじゃん！」

「道場……、あの子本当に馬鹿ね。でも……人のこと言えないわね」

「花園は馬鹿ではないぞ」

「……うっさいわよ。ていうか、道場もこれでおとなしくなるかな？」

「うむ、現状だとなんとも言い難《がた》い。確率は半分程度だろう。なぜなら人が変わるためには根本的な何かを変えなければならない」

これは自分自身にも言える事だ。

「──根本的な？　意味わかんないじゃん？」

田中がちょこんと首をかしげる。うむ、とても可愛《かわい》らしい。

俺は説明を続ける。

「む、俺たちはもう高校生だ。形成された人の性格を強制的に変えることが出来ない。本人の強い意志だけでも難しい。それほど強固なものだと思っている」

「え、で、でもそれじゃあ道場は――」

「俺には理由はわからなかったが、道場の精神状態は落ちていた。あの瞬間が道場の精神を向上させる絶好のタイミングであっただろう」

　弱っている生き物は、救いの言葉にすがりつく。俺もそうであった。もしも、それでも道場が変わらなければ俺には関係……、違う、あいつと過ごした思い出だけを記憶すればいい。それに、きっと大丈夫だろう。図書室で過ごした記憶の中の道場は良い笑顔をしていた。それにどんな感情が伴っていたかはわからない。俺がどんな気持ちだったかわからない。だが、きっと大丈夫だ。

「そ、それって、変わるって言うより」

「まっ、道場さんの事は藤堂に任せておこうじゃん？　ていうか、華ちゃん、そのストラップ可愛いね！　ほら、私ってこんな感じだから、可愛いものって似合わないじゃん？」

　俺はその言葉に反応する。鋭《するど》い視線を田中へと送る。

「何故《なぜ》だ？　田中は可愛いから可愛いものが似合う。あっ、す、すまない。つい――」

　心の声がこぼれてしまった。

「うひゃ!?　と、藤堂、恥ずかしいじゃんっ！」

「そ、それはすまない」

俺と田中は無言でうつむく。

花園は細目で俺たちを見てため息を吐《つ》いた。

「はぁ、あんたたちイチャイチャしないの！　まったく、剛っ、波留ちゃんは可愛いに決まってるんでしょ！　私とは違《ちが》うんだからね！」

「いや、花園も可愛いぞ」

「ば、馬鹿！　変な事言わないでよ！」

元気な言葉とは裏腹に、花園はほんの少しだけ悲しそうに見えた。

俺の気のせいだろうか？

「――うむ、了解だ」

花園から無言のプレッシャーを感じながら下校するのであった……。


「じゃあ私はここでね！　また明日じゃん！」

俺と花園は手を振りながら田中を見送る。

花園はさっきから口数が少なかった。何か楽しくない事でもあったのか？　少し心配になってしまう。

「それでは花園、デートプランの最終チェックを頼《たの》む」

「あ、うん……。ていうか、大丈夫よ。あんたたちなら」

「そ、そうなのか？　しかし花園がいない状況は不安が残る」

「行こ」

花園は素っ気なく言葉を放つ。俺は花園の精神状態が心配になってしまった。理由は俺にはわからない。

だが、聞かなければ前に進めない。俺は歩きながらもどうやって花園と話せばいいか考えていた。

「うん、本当に大丈夫。すごくお似合いだもん。私なんかよりも絶対うまくいくもん……」

「花園？　何を言っているんだ？」

「ううん、気にしないでよ。ていうか、あんた波留ちゃんの事好きになってるでしょ」

――好き？　確かに田中の事を考えるとほわほわした気持ちになる。一緒にいるだけで嬉《うれ》しく感じられる。明日のデートがすごく楽しみに感じられる。面倒《めんどう》なんて思わない。

「それは、わからない」

「ほら、あんた耳が赤いわよ。それにちょっと動揺《どうよう》してるでしょ」

「なんと……」

確かに田中の話をすると心拍数が上がる。少し照れくさい気持ちになってしまう。これが、好き、という気持ちなのか？

「俺には分からない」

「はぁ～、あんたには分からなくても私には分かるのよ！　何年一緒にいると思ってるのよ」

俺の記憶では四年だ。その言葉を言う前に花園は早口で捲《まく》し立てる。

「いい？　あんたは明日の最後に波留ちゃんに告白するのよ！　波留ちゃんとはバイト先で仲良くしてたんでしょ！　なら絶対大丈夫《だいじょうぶ》よ！」

告白……。花園が俺にしようとした行為だ。俺は花園の気持ちを踏みにじる形で終わってしまった。

なんとも言い表せなかった。胸は痛くない。なのに、モヤモヤした気持ちが湧いてきた。言葉を探していたら家の前に着いてしまった。

「デート、終わったら連絡《れんらく》する」

「うん、待ってるわよ」

花園は動かなかった。下を見たまま動かない。深い呼吸の音が聞こえた。花園は顔を上げる。印象的な瞳《ひとみ》であった。とても強い意志の力を感じる。

「──あんたならもう大丈夫」

花園はそれだけ言って足早に自分の家へと向かった。その背中が妙《みょう》に寂《さび》しそうに見えた。なのに、俺は何も感じない。……感じないのだが、湧き上がったモヤモヤは消えて無くならなかった。

第十九話【デート】

田中とのデート当日。俺は花園のアドバイスにより、待ち合わせ時間よりも少し早く着く。準備はばっちりだ。髪もワックスでセットした。服も花園に選んでもらった物だ。あとは俺が変な言動をしなければ問題ない。

昨日の花園の様子が少し気になるが、今日のデートに支障を来《きた》すわけにはいかない。デートが終わってから花園と話せばいい。俺はそう思っていた。

約束の時間十五分前。以前花園とのデートで使った待ち合わせ場所で田中を待つ。今回は変な外国人の姿はない。

ふいに嫌な事を思い出してしまった。道場をカラオケ屋さんの前で二時間待った。俺はあの時、寂しくて悲しかった。自分のミスを疑った。あれは道場の冗談《じょうだん》という名の悪意であった。

道場が普通《ふつう》になれるか俺にはわからない。俺も普通とはかけ離れている。人の心は難しい。

こんな俺なのに田中はちゃんと来てくれるのだろうか。

「あれれ？　藤堂、早いじゃん⁉　ふふ、おっはよっ！」

予想よりも早く田中が待ち合わせ場所に現れた。

私服の田中はバイトで見慣れてるはずだ。それなのに今日はずっとおしゃれに見えた。

「おはよう田中。きょ、今日はいつもよりも服がとても可愛いではないか。……あっ、違う、前言撤回《てっかい》する。いつもよりも田中が可愛く見えた」

実際、田中はとても可愛らしかった。制服姿だと目立つ金髪《きんぱつ》も私服だととても映《は》える。すごく綺麗《きれい》だ。俺には表現できる言葉が見つからなかった。

「へへっ、嬉しいじゃんっ！　ほら、藤堂、私に付いてくるじゃん！」

「何？　しかし、この後の予定では、ま、待つんだ田中――」

田中は俺の腕《うで》を取った。田中の匂いと体温を身体で感じる。

驚きすぎて声が出せなかった。心拍数が跳《は》ね上がる。いや、そんな事はどうでもいい。このままでは予定と違う行動になってしまう。それは困る。

「うんとね、ジュースのカフェには行くよ。でも、それまでは私に付き合うじゃん！」

「た、田中」

俺は田中に背中を押《お》され街へと歩き出した。

街を歩いているだけで何故こんなにも楽しそうな表情をするのだろうか。目的地のジュースカフェまでは歩けば五分もかからない。

流れる景色が全て新鮮《しんせん》であった。花園とのデートとはまた違い、田中は自由奔放であった。

「じゃあ、まずはショッピングセンターのペットショップに行こ！」

「ペットショップ？　そこはデートで行くところなのか？」

「いいからいいから、早く行こ！」

田中はずっと俺と手を繋《つな》いでいる。俺は男女の仲には詳《くわ》しくない。手を握ってもいいのか？　田中が嫌がっている雰囲気《ふんいき》はないからこの件は保留しよう。

しかし、俺のデートプランでは……いや、もうプランは無くなった。テストと一緒だ。付《つ》け焼《や》き刃《ば》は予測不可能の事態に陥《おちい》るとボロが出る。

俺はその状態だ。それでも花園と一杯《いっぱい》話して勉強した。レポートだってまとめた。経験値は取得したはずだ。

――田中と一緒に楽しく過ごす。それだけを考えて行動してみよう。プランなど捨ててしまえ。小学校の時の森でのサバイバルと同じようなものだ。


俺は田中に手を引かれながらショッピングセンターへと向かうのであった。

ペットショップにはわんこやにゃんこがたくさんいた。

さっきから俺の心臓のドキドキが止まらない。この心拍数は健康上よろしくない。

「あっ、ポメラニアンじゃん！　超可愛《ちょうかわい》い」

「うむ、強気な性格の子が多いが非常にもふもふしていて可愛い」

「藤堂って動物好きなの？」

「ああ、大好きだ」

動物は好きだ。人間と違って煩《わずら》わしい感情を持つ必要がない。

いつか犬と一緒に暮らしてみたい。

「私は犬派じゃん。藤堂は猫《ねこ》と犬どっちが好き？」

「俺《おれ》は……、どちらも好きだ」

犬は友達であった。猫も友達であった。だが、いなくなってしまった。とても悲しい出来事なのに、今は何も感じない。記《き》憶《おく》を探《さぐ》っても一緒にいた事実があるだけだ。そこに感情が伴わない。


ふと、足元に気配を感じた。

首輪に繋がれた小さな犬が俺の足元でうごめいていた。

「ふが、ふがが っ……、ばう、ばうばうっ！　ばうばう!!」

「ちょ、パグ助っ!?　駄目《だめ》っしょ!!」

「……姫《ひめ》？　それにこの犬は……」

夜の街で出会った姫がそこに立っていた。……こんなに近くにいたのに俺が気配を感じられなかった。何故だ？　田中と一緒《いっしょ》にいて気が緩《ゆる》んでいたからか？

「あ、あははっ、藤堂の姿が見えたから近寄ったんだけど、あれれ、女の子と一緒なのね」

「ああ、俺の大切な友達の田中だ。田中、こちらの女性は……、む、名前は……」

名前を覚えていない。……姫としかわからない。困った。

「あ、あははっ、やっぱ名前覚えられてないっしょ……。まあ仕方ないっしょ。あーしの名前は平塚《ひらつか》すみれ」

なるほど、覚えた。よっぽどの事が無い限り忘れないだろう。

「えっと、私は田中波留です。よ、よろしくじゃん」

「なんか固いっしょ。ていうか、あーし、お邪魔《じやま》だからあっち行くね！　じゃあ楽しんで！」

姫はわんこを抱きかかえてペットショップの奥《おく》の方へと向かおうとした、が何故か足を止めた。

つかつかと俺の方へ戻《もど》り、抱きかかえていたわんこを俺にそっと渡《わた》す。

「な、何故、わんこを？　お、俺はどうすればいいのだ？　非常に可愛いが、抱き方は間《ま》違《ちが》ってないか？　本で見た事が――」

「オッケオッケ、じゃあ波留さん、もっと藤堂に近づいて。せっかくだから写真撮《と》ってあげるっしょ！」

「えへへ、わんこ可愛いじゃん。藤堂の事ペロペロしてるじゃん」

田中が俺に近づく。距離が非常に近い。とても恥ずかしい。

「ばう、ばうばう、ばばう、ばうばう、ばうばうっ！」

さっきからわんこが俺に話しかけている。何かの意思を伝えようとしているみたいだ。

「田中、た、助けてくれ」

「大丈夫じゃん。藤堂の事嫌がってないよ」

いや、田中との距離の近さも問題である。

「藤堂、動かないっしょ！　スマホ貸して頂戴《ちょうだい》」

片手でわんこを抱きかかえながら姫にスマホを手渡す。そして、姫は何度もシャッターを切る。

「ありゃりゃ、パグ助、藤堂に抱かれて寝ちゃったっしょ。うん、あーしはそろそろ行くね。二人はデート楽しんで！　またね！」

今度こそ姫は奥のトリミングスペースへと向かった。

姫の背中を見送っていると脇腹《わきばら》に違和感《いわかん》を覚えた。

田中が少し膨《ふく》れた顔で唇《くちびる》を尖《とが》らせて、俺の脇腹を突《つつ》いていた。

「藤堂モテモテじゃん。あの子超可愛かったじゃん。……そういえば道場さんも華ちゃんもみんな可愛いじゃん」

「い、いや、俺は気にした事もなかった。それに田中が一番可愛いと感じている」

「ちょ、藤堂、恥ずかしいじゃん！」

田中はまだ膨れていたけど嬉しそうな表情をしていた。間違った返答じゃなかった。

「あっ、さっきの写真観せてほしいじゃん」

「う、うむ」

俺はスマホの写真を田中に観せる。

「うんうん、超《ちょう》キレイに撮《と》れてるじゃん。今日は一杯写真撮ろうね、藤堂！」

「ああ、お手柔《てやわ》らかに……」

こうして、俺たちのデートはペットショップから始まるのであった——


雑貨屋さんでは——

「藤堂、このぬいぐるみ可愛いよ！」

「う、うむ、これは可愛いのか？　宇宙人のように見えるが……」

「可愛いじゃん！　えへへ、華ちゃんのお土産《みやげ》にしよっかな」

「しからばこれはどうだ。花園はハムスターが好きだ」

「あっ、それも可愛いね」

駄菓子屋《だがしや》さんに移動しても――

「藤堂って甘《あま》いもの好きだよね？　子供の頃《ころ》から好きだったの？」

「子供の頃は甘いものを食べる機会がなかった。唯一《ゆいいつ》食べてたのは飴《あめ》ちゃんである」

「そっか、だからいま甘いものが好きなんだ」

「田中と一緒に食べたケーキは格別に美味《おい》しかったぞ」

「ちょっと、藤堂恥《は》ずかしいじゃん！」

時間が過ぎるのが早かった。目的地であるジュース屋さんに行くことも忘れていた。

「ここが噂《うわさ》のゲームセンターか。あの変な機械で特殊な写真が撮れるんだな？」

「うん、行ってみよ！」

「う、うむ、しからば……」

「えーっと、これをこうして……。はい。藤堂、ピースするじゃん！」

「むっ、こうか？」

「あははっ、顔が強張《こわば》ってるじゃん」

「田中、ち、近すぎるのではないか？」

「藤堂なら別にいいじゃん」


湾内《わんない》が一望できる広場でも――

「天気が良くてよかったじゃん！　藤堂、あそこで写真撮ろうよ！」

「田中、急ぐと転んでしまうぞ」

「大丈夫大丈夫《だいじょうぶだいじょうぶ》――きゃっ!!」

「うむ、言った通りになったではないか。……す、すまない、助けるために身体を支える必要があった」

「う、うん、ありがとじゃん。別に嫌じゃないよ」

「……ま、まだ支えが必要なのか？」

「もうちょっとだけこのままでいいじゃん。てか、写真撮るじゃん！」

「た、田中――」

何枚も写真を撮った。自撮《じど》りと呼ばれている行為《こうい》である。写真の中にいる俺は笑顔《えがお》であった。田中も笑顔である。とても楽しそうだ。

先日、花園と過ごしたデートも楽しかった。だが、田中と過ごすデートは少し感覚が違った。田中といると心がほわほわする。この気持ちは一体なんなんだろうか？

感情が追いつかない。ただ、わかるのは俺は今楽しんでいるんだということ。

時間が過ぎるのがとても早く感じる。話には聞いたことはあるが自分が体験できるとは思わなかった。終わって欲《ほ》しくない。そんな風に思える時間を田中とともに過ごせた。

目的地であったジュース屋さんも楽しみ、最終的に行き着いたところはショッピングセンター内三階にあるカラオケ屋さんであった。

しかし何故カラオケ？

「うん？　早く入るじゃん。だって、藤堂カラオケ行ってみたかったんでしょ？」

「あ、ああ、だが、それは――」

「みんなと行きたくても行けなかったんでしょ？　嫌な思い出があるかもだけどさ、私と一緒に行くじゃん！」

「田中、わかった。行くから袖《そで》を引っ張るな」

こうして、俺は初めてのカラオケに挑戦《ちょうせん》するのであった。

カラオケボックスは狭《せま》い個室となっている。

田中は手慣れた様子で機械を操作する。俺は室内を観察する。特に不審《ふしん》なものはない。

俺はどうしていいかわからなくて、ドリンクバーから持ってきたジュースを飲み干してしまった。

「ちょっ⁉　早すぎじゃん！　あっ、とりあえず私から歌うから、歌いたい曲をこれで決めるじゃん！」

俺の膝《ひざ》にタブレットとタンバリンを置く。……タンバリン。これはどうすればいいのだ。

戸惑《とまど》っている俺をよそに田中はマイクを手に取り歌い始めた。

前奏が聞こえてくると俺でも知ってる巷《ちまた》で有名な曲が流れてきた。確かハムスター娘《むすめ》というアイドルが歌っている曲だ。田中の身体が前奏に合わせて揺《ゆ》れる。俺は機械的に一定のリズムでタンバリンを遠慮《えんりょ》がちに叩《たた》く。

前奏が終わり田中が歌い出す。

部屋の空気が変わった――
俺の背筋に鳥肌《とりはだ》が立った。いま、まさに田中がこの空間を支配した。一瞬《いっしゅん》の事であった。タンバリンを叩くという行為を忘れてしまった。田中の歌声が俺の頭に直接響《ひび》くようであった。

歌というものはテレビで聞いた事がある。理論は理解していた。合唱コンクールも経験した事はある。

鳥肌が治まらない。こんなに鳥肌が立ったのは命の危険を感じた時しかなかった――

田中の声が俺の身体を貫《つらぬ》く。感動という言葉では生ぬるい。

俺は音楽に興味が無かった。何故、歌が世界中で流行《はや》っているのか理解出来なかった。

その答えがここにあった。

田中が曲を歌い終わると、俺は自然と拍手《はくしゅ》をしていた。

初めての体験であった。歌っている時の田中は普段《ふだん》とは別人のようであった。


「ふぅ～、弟と行って以来だから久しぶりじゃん……って、藤堂大丈夫⁉」

俺は拍手を止められなかった。何故か、顔から汗が出ている。なんでだ？　歌を聞いただけだぞ。ただ一つ言える事がある。

「……俺は田中とカラオケに来て良かった」

「へへっ、照れるじゃん。てか、藤堂のタンバリンすごくない？　普通はあそこまで同じリズムで出来ないじゃん。よしっ、藤堂も歌うじゃん！」

マイクを俺に渡す田中。俺は曲を決めていない……。

流石《さすが》にここで合唱コンクールの曲を歌うという選択肢《せんたくし》はない。そんな事をしたらあとで花園に怒《おこ》られる。もっと流行りの歌を歌わなければならない。

「――田中、すまないが……田中が歌った曲を歌っていいか？」

「うん？　全然構わないじゃん！　じゃあ、ポチッとじゃん！」

――歌詞も音程も覚えている。それに、最高のお手本があった。

曲が流れると、俺はマイクを握り締《し》め歌い始めた――


「すごいじゃん!!　超うまいじゃん!!」

俺は必死になって歌った。

女性曲だから、音程がずれるところもあったが、ほぼ完璧《かんぺき》に歌えただろう。

だが、不思議に思う。田中の歌と質がまったく違った。

技術的な問題もあるかも知れない。俺にはそれが何かわからなかった。

俺は田中にそれについて聞いてみた。

「ああ、それって、あれじゃん！　ちょっと恥ずかしいけど、歌が好きかどうかじゃない？　心を込《こ》めて歌うっていうか、あーー、もう難しいじゃん！」

「いや、理解できる。俺は必死になって歌った。それは歌うというよりも、田中の真似《まね》をしているだけだ。だからか……、なるほど、奥が深い世界だ。非常に興味深い。それに友達と一緒に歌うと、とても楽しいものなのだな」

俺は歌い終わった後、達成感に身体が包まれた。不思議な気持ちだ。

田中は嬉しそうな顔で俺を見ていた。

「へへっ、連れて来て良かったじゃんっ！　いつだって私が付き合ってあげるよ！　あっ、藤堂、この曲は一緒に歌うじゃん！」

田中と一緒になって俺は歌う。これが高校生の日常なのだろうか？

みんなこんなに歌がうまいのか？　いや、田中が特別だろう。芸術で感動するという貴重な体験を初めてできた。

第二十話【すべてが加速する】

三十分が過ぎた頃であろう。俺はジュースを飲みすぎた。田中に断りを入れてトイレに向かう。カラオケボックスの店内は若者で一杯であった。きっとみんな楽しんで歌っているのだろう。

こんな娯楽《ごらく》があるとは世界は広いものだ。もちろん知識としては知っていた。

そういえば、俺は何故、四年間も一緒にいた花園とカラオケに行かなかったんだろう？　花園が流行りの歌を聞いているのは知っていた。一度も誘《さそ》われた事はない。今度三人で行こう、と誘ったら来てくれるだろうか。……きっと大丈夫だ。


俺はトイレから出ると、心臓が跳ね上がった。それと同時に頭が冷たく覚める。遠くからでもわかる。俺と田中がいた部屋の気配が変わった。

「お兄さん大丈夫？　飲みすぎちゃったの？　えっ。怖……」

微《び》動《どう》だにしない俺を心配して声をかけてくれた店員さん。

「問題ない……」

「あ、は、はい。あれ？　俺、なんで座《すわ》ってんだ？　ちょ、立てないって……腰《こし》抜《ぬ》けちゃったよ……」

俺は心臓の鼓動を意識的に抑《おさ》え、急いで部屋へと戻るのであった。

扉《とびら》の向こうには、三人の気配がある。田中とそれ以外。強盗《ごうとう》ではない。物取りではない。暴力の匂《にお》いはまだ感じない。俺は全身の神経を集中させて扉を静かに開ける。

そこには田中に話しかけている男二人がいた。田中は嫌そうな顔をしている。

知っている人が一人だけいる。アルバイト先の大学生である村上だ。もう一人は知らない男だ。村上が俺に気がつく。

「おっ、やっぱり藤堂と一緒じゃねえかよ！　まさか、同じカラオケにいるとはな！　ったく、藤堂とは遊ぶのに俺の誘いは断るんだよな～」

「……あの、今日は藤堂と遊んでるんで帰って下さい」

「マジで田中ってキツイよな～。てか、そこがいいんだよね。俺たちと合流しようぜ」

田中と目が合い俺に向けて微笑《ほほえ》んでくれた。

「あっ、藤堂、行こ。面倒なのに絡《から》まれちゃった」

俺は田中の方へ近づく。田中は立ち上がって俺の手を取ってくれた。身体の震《ふる》えが伝わってくる。

村上と知らない男も立ち上がり扉の前を塞《ふさ》いだ。どうやら田中を逃《のが》さないようだ。

「ねえ、波留、元カレのお願いだよ。村上先輩《せんぱい》と一緒に飲んであげてよ。俺も一緒に付き合うからさ。それにしてもさ、あの時は三日で振《ふ》られるとは思わなかったよ。なんで俺を振ったのさ」

軽薄《けいはく》そうな男が俺を見た。

「――あっ、君が新しいペット君ね。波留はね、中学の時から彼氏《かれし》が出来てもすぐに別れちゃうんだよね。どうせ君もすぐに捨てられちゃうよ。波留は可愛いからすぐ彼氏出来ちゃうからね」

「嘘言《うそ》わないでよ！　やめてよ、藤堂には関係ないじゃん!!　あんたたちどっか行ってよ!!」

「はっ？　藤堂だけ出てけばいいだろ。おい、出ていかねえとぶん殴《なぐ》るぞ？　ここはバイト先じゃねえから店長もいねえし、俺、総合格闘技《かくとうぎ》やってんだよ」

俺は情報の許容量が超《こ》えそうであった。それと同時に頭の片隅《かたすみ》にある冷静な部分が男たちの動きを見逃《みのが》さない。

田中は素敵《すてき》な女性である。誰《だれ》と付き合っていてもおかしくない。元カレがいてもおかしくない。

わかっているけど、何故か胸の痛みと苦々しさと吐《は》き気《け》が止まらない。

過去の田中を知らない自分が悔《くや》しい。俺がトイレに行っている間にデートが台無しになって悔しい。言い返せないでいる自分が情けない。恋愛《れんあい》経験がない俺には難しい話だ。
デートしているのも田中にからかわれているだけなのか？
後で馬鹿にされるのか？　田中にとって、俺は都合の良い男なのか？
田中に捨てられる。そんな事を考えただけで――俺の胸が一際《ひときわ》強く痛んだ。
リセットすれば楽になる――
理屈《りくつ》としては間違っていない。
田中と一緒に育《はぐく》んだ感情を殺せば、そこで苦しみがなくなる。
――だがそれは違う。もう前の俺じゃない。それでは前に進めない。
それに田中はそんな娘《こ》じゃない。
俺は胸の痛みも苦しみも、心の奥で湧《わ》き上がる嫉妬心《しっとしん》も抑え込んで田中に話しかける。
「田中、大丈夫だ。俺は田中の言葉を信じる――」
俺はそれを言うだけで精一杯《せいいっぱい》であった。
田中が強く手を握《にぎ》りしめてくれた。村上は俺の目の前でシャドーボクシングを始める。
軽薄な男は余裕《よゆう》の笑《え》みを浮《う》かべていた。

「波留。彼《かれ》に怪我《けが》させたくなかったら一緒にいなよ。村上は冗談通じないよ」

「ははっ、試合よりも喧嘩《けんか》の方が得意だぜ！」

「ふ、ふざけないでよ！　と、藤堂に何かしたら絶対許さないじゃん！」

「仕方ないな。村上、大人の怖《こわ》さを思い知らせてやれよ」

「おう、遊んでやるよ」


村上が腰《こし》を落として踏《ふ》み込み俺に掴《つか》みかかろうとした。

全てがスローモーションに見えた。田中の悲しそうな顔だけが俺の脳裏《のうり》に焼き付く。俺は田中の手をそっと放す。

俺は人生で二度目のよくわからない感情を持て余していた。


なるほど、リセットしないと感情が爆発《ばくはつ》するんだな――

それでも近くにいる田中の匂いによって、俺の理性は保たれていた。

大きな音は出したくない。女の子が嫌《いや》がるって知ってる。こんな状況《じょうきょう》は初めてじゃない。

花園の時は加減がわからず戸惑ってしまった。村上の動きは遅《おそ》い。その代わり体重はかなり重いだろう。

村上の拳《こぶし》を潰《つぶ》さないように優《やさ》しく握る。

「――――お、おい、そ、その手を、放せ」

村上の拳はまるで子供みたいに柔《やわ》らかかった。大学生とは一体何者なんだろう。きっと暴力で脅《おど》す人間だけじゃない。俺が出会った大学の研究生はもっと理知的な人も多かった。

村上は動けない。拳を潰すのは簡単だ。でも暴力はいけない。

「い、痛っ、」

村上が動こうとすると俺はほんの少しだけ力を強める。俺は片方の手を外し、村上の耳元で指を強く弾《はじ》いた。音圧が衝撃《しょうげき》を生む。

「――――ッ、あ……」

フラフラと床《ゆか》にへたり込む村上。目の焦点《しょうてん》が合わない。意識はギリギリある状態に調整した。

軽薄な男が呆然《ぼうぜん》とした顔で俺を見ていた。

「う、嘘だろ？　あ、あり得ないだろ……」

「俺は今、激しく怒っている。おとなしく帰ってくれないか？」

「だ、黙《だま》れ！　年下の癖《くせ》に」

こんな時に年齢《ねんれい》など関係あるのだろうか。俺は床に落ちた村上のスマホを拾う。そして、スマホを強く握りしめた。

メキリ、という音とともにスマホが粉砕《ふんさい》される。

「はっ？」

軽薄な男がスマホと俺を何度も見つめる。

人間は自分の想定外の事が起こると混乱してしまう。

俺は普通の人でも感じられる程度の暴力の気配を醸《かも》し出す。

空気がさらに重たくなるのを感じただろう。身体の硬直《こうちょく》と足の震え、汗《あせ》の量、呼吸の浅さで対象の状態がわかる。このまま、精神的に追い詰《つ》めて心を破壊《はかい》すれば憂《うれ》いがなくなる。

中途半端《ちゅうとはんぱ》なまま解放すると襲撃《しゅうげき》される恐《おそ》れがある。幸いここは密室だ。恐怖《きょうふ》を染《し》み込ませてから解放すればいい。可哀想《かわいそう》なんて感情は必要ない。

「た、たてねえ、よ。にげ、よう、ば、ばけもの、だ」

「………………ぁはぁはぁ」

恐怖が身体を硬直させる。そうだ、道場が感じていた恐怖とはわけが違《ちが》う。この空間にいるだけで生きた心地《ここち》がしないだろう。

俺は二人から目を離さない。意識的に口角を吊《つ》り上げる。

お前らには俺が笑っているように見えるだろう。そこから異常性を感じられるか？

そうだ、お前らは今から――

「えいっ、えい！　マジでしつこいじゃん！　もう顔も見せないで。視線がキモいじゃん！　えいっ、えいっ！　大体あんたって誰よ？　名前も知らないし、全然覚えてないじゃん！　なんで勝手に元カレになってるの？　いつもみんなそうっ、付き合ってないのに、話した事もないのに意味わかんないじゃん！　藤堂をいじめるなら私が相手になるじゃん！」

後ろにいたはずの田中が前に出て、カバンを振りかぶっていた。なんとも可愛《かわい》らしい攻《こう》撃《げき》である。

突然《とつぜん》の出来事に、俺は我に返った。

村上と軽薄な男の頭をポカポカと殴る。金具があたって痛そうである。

「すー、はぁ～～、よしっ、藤堂、気を取り直して出よ！」

田中は俺だけに笑いかけてくれた。

自分の顔がうまく動かない。こんな時はどんな表情をすればいいのだろうか？　花園、俺、わからないよ……。デート、台無しになっちゃったよ。

「……田中、行こう」

代わりに、俺は田中の手を握り会計へと向かった。

カラオケ屋さんを出た後も俺は田中の手を握っていた。

優しい気持ちになれるのに、嬉《うれ》しい気持ちになれるのに、何故《なぜ》か苦しい気持ちにもなってしまう。

それでも握った手が――泣きそうな俺の心を奮い立たせてくれた。

＊＊＊

俺の歩く速度が速くなる。

頭で同じ言葉を繰《く》り返す。――田中を信じる。田中を信じる。

「と、藤堂、待ってってって――」

いつの間にか、田中が俺の手に引っ張られるように小走りになっていた。

「す、すまない」

俺は立ち止まった。繋いでいた手を放す。何か大事なものを手放した気持ちになってしまう。

「ねえ、ゆっくり歩こうよ？　時間はまだあるじゃん」

「ああ、そうだな」

「藤堂……。やっぱり私の事、嫌になっちゃったかな。変な事聞いちゃったもんね」

「そんな事あるはずない」

どうしても言葉が紡《つむ》ぎ出せない。俺は田中とどのような顔で話せばいいかわからない。

未知の感情が俺に襲《おそ》いかかる。

俺が口を開く前に田中が寂しそうな笑顔で俺に言った。

「やっぱり藤堂には華ちゃんがお似合いじゃん」

「何故《なぜ》花園の名前が出てくる？　田中、俺は――」

「ううん、藤堂みたいに純粋《じゅんすい》で素敵な人は私にはもったいないじゃん」

嫌な気持ちが胸の辺りでモヤモヤしている。

田中はそう言って、俺から一歩離れた。見えない壁《かべ》を感じる。これは一体なんだ？

「ねえ、ちょっと待って。帰る前に聞いてほしいじゃん」

田中はカフェの向かいにある休憩《きゅうけい》用のソファーを指差した。ショッピングセンターには色んな箇所《かしょ》に座る場所を用意してある。家族連れのお父さんやカップルたちが座っているのをよく見かける。

俺たちはソファーに座った。

沈黙《ちんもく》が流れる。

普段は田中と一緒にいる時の沈黙は気まずくなかった。でも、この沈黙は俺の気持ちを不安にさせる。俺は何が不安なんだ？　何が聞きたいんだ？　何が嫌なんだ？

いつもよりも距離《きより》感が遠い。ほんの数センチの誤差なのに非常に遠くに感じる。それが俺の心を更《さら》に乱す。

田中は諦《あきら》めにも似た口調で話し始めた。

「私さ、昔っから人付き合いが苦手でね。距離感が分からなかったじゃん。子供の頃は良かったよ。でもね、思春期になると、その、あのね、勘違《かんちが》いさせちゃってたみたいじゃん……」

「好意の勘違い、でいいのか？」

「うん、そうじゃん」

田中は遠くを見つめていた。視線の先には小さな男の子と女の子が手を繋いで歩いていた。とても優しいまなざしであった。

「中学生の頃かな、近所の男の子と一緒に学校へ行ってたの。そしたらいきなり付き合ってるって噂が流れて――――、私が否定しても男子は否定しないじゃん、それで、わざわざ好きじゃないって言わなきゃいけなくて……。意味分かんないじゃん？　告白もされてないのに『雰囲気で付き合ってるかと思った』とかさ」

そんな事例があるとは驚《おどろ》きだ。俺が無言でいると田中は続ける。

「さっきのカラオケの男もそう。馴《な》れ馴れしい先輩だったんだけど、いきなり俺の女呼ばわりされて……、ムカついたから、上級生のクラスに行って盛大《せいだい》に振ってやったじゃん！　そんな事が沢山《たくさん》あっただけなの」

田中はため息を吐《つ》く。

「あはは、信じられないよね？　だって、私チャラく見えるし、遊んでそうって言われるじゃん……」

「そんな事ない。俺は『田中を信じる』」

「うん、ありがと……」

そうだ、話し合えばわかるんだ。先程《さきほど》よりも自分の心が落ち着いたのがわかる。

「そんなことがあったから田中は友達を作らないのか？」

「うん、人間関係が面倒《めんどう》。バイトでも藤堂とシェフとしか雑談してないでしょ？　あっ、弟には優しいよ？　私の事超《ちょう》好きだから、いつも送ってくれたり、守ってくれたりするじゃん。良い子だよ」

「何故、俺と友達になれたんだ？　普通《ふつう》じゃないからか？」

「えっと……、藤堂は初めはね、何考えているかわかんなくて、常識外れの行動も起こすし……迷惑《めいわく》かけられてばっかりだったよ。超面倒くさかったじゃん。……少しずつ接していくうちにわかったの。藤堂の心はすごく綺麗《きれい》だった。今までそんな人出会った事がないじゃん」

――俺の心が綺麗？　俺は汚《きたな》い人間だ。何も出来ない。人を救う力もない。

「俺はそんな綺麗な人間ではない」

「あははっ、自分の評価は自分で決められないじゃん。この一年間ずっと藤堂を見てきた私の気持ちじゃん」

田中はそう言いながらため息をこぼした。

「本当はさ、ずっと華ちゃんの事羨《うらや》ましかったじゃん。だってさ、華ちゃんは藤堂と一緒にご飯行ったり、買い食いしたり、いろんな事してたじゃん。バイト先で聞くのが楽しみだったのに、段々苦しくなってきてね。それでも華ちゃんには素直《すなお》になってほしいな〜って思った矢先に……」

「俺のリセットか――」

「うん、リセットがいまいちわからないけど、やっぱり華ちゃんと話している藤堂を見ると仲直りして欲しいと思ったの。だから背中押《お》したじゃん」

あの時の事か。

確かに、田中の後押《あとお》しが無かったら、俺は花園と二度と喋《しゃべ》らなかったかも知れない。田中との交流がなければ、道場も笹身《ささみ》も冷たく切り捨てるだけであった。それは――悲しい事だ。

田中は手を伸《の》ばして立ち上がった。

ほんの数秒だろうか。田中は目を閉じて、ゆっくりと開く。

開いた田中の瞳《ひとみ》は、非常に強い決意、意志を感じられた。まるで瞳が燃《も》え盛《さか》っているようであった。

「うーんっ！　今日は元気一杯《いっぱい》もらったから大丈夫《だいじょうぶ》じゃん！　あっ、もしかして藤堂の事も勘違いさせちゃったかもじゃん。あはは、ほんと、私馬鹿だよね。全然そんな気ないのに。藤堂には、華ちゃんがお似合い、だから、その、今日はもう帰るね」

何故、田中は俺《おれ》に顔を背《そむ》ける。背中を向ける。

「田中？」

「……藤堂、もしも私に好意を持っていても、絶対勘違いしちゃ駄目《だめ》じゃん。私は、藤堂の事、何も思ってない、じゃん――」

何故、田中の言葉が震えている？　何故、田中の体温が上昇《じょうしょう》している？　俺はなんと言えばいいのだ？

先程のカラオケの件も田中の話を聞いて納得《なっとく》できるものであった。これから、今日の出来事を話しながら一緒に帰って、田中に告白というものをしようと考えていた。だが、全ては俺の勘違いだったのか……。

心が痛くなる。苦しくなる。この痛みは、もう嫌なんだ――

「バイバイ、もうデート、誘わないでね……。だって私達《たち》、ただの友達じゃん。華ちゃんを大事にしてあげてね」

言葉の刃《やいば》が俺の心を更に切り裂《さ》く。それはとても、つらく、痛く、悲しくて、寂《さび》しくて

――

俺はただ走り去る田中の背中を見送る事しか出来なかった。


頭の中で田中との思い出が反芻《はんすう》される。

初めて出会った時の田中。一緒《いっしょ》に過ごしたバイト先。友達になりたいと言った時の表情。

俺は何か間違えた。だが、その間違いがわからない。田中はすでに帰ってしまった。

何故帰ってしまったんだ。カラオケまでは順調であった。何故田中は突然《とつぜん》俺の事を嫌《きら》いになったのだろう。


視点を変える――

俺は、田中の事をどう思っているのか？

田中は優しくて、可愛らしくて、肉親という存在はわからないけどお母さんがいたらきっと田中みたいな人で。田中の事を考えると嬉しくなった。アルバイト先で田中に会えると思うと嬉しくなった。学園で田中とご飯を食べると嬉しくなった。

手が触《ふ》れ合うだけで、匂いを感じるだけで、俺の心拍数《しんぱくすう》が異常になる。

胸が痛い。胸が痛い。胸がひどく痛い。リセットすれば楽になる。田中への感情を消してしまえば痛みはなくなる。

田中はきっと俺の事が嫌いになったのだ。

俺の田中への好意は偽物《にせもの》なのか？　好意を操作された小学校の時とは違う。この好意は偽物なんかじゃない。時間をかけて育んだものだ。だけど、苦しくて、なら。俺は天井《てんじょう》を見上げた。胸に手を当てる。そして、リセットを――


突然、俺の背中に衝撃が来た。後ろを取られたのは初めての経験で俺は動揺《どうよう》してしまう。ソファーの後ろを振り向くとそこには姫《ひめ》がいた。わんこが俺の背中に乗っていた。

「ちょっと、藤堂なに突っ立ってんのよ！　あんた早く追いかけるっしょ！」

「ばうばう、ばううばうぅっ‼」

姫の剣幕《けんまく》に驚いてしまった。耳元でわんこも俺を叱責《しっせき》していた。

「何故追いかけるのだ？」

「はっ？　よくわかんないけどあの娘泣いてたっしょ？」

「しかし、追いかけると言っても俺は今の田中とどう話せばいいかわからない」

「はぁぁ～～～、あの子とどんな関係かわかんないけど、素直なあんたの気持ちを伝えればいいっしょ！」

「おれの、気持ち」

「ばうっ！」

「そうっしょ！　てか、あの子、足速！　もう追いつけな――」

俺の気持ち。高速思考が発動する。俺にとって田中とは？　それは、

大事な友達であり……大好きな女の子なんだ。

俺は無性《むしょう》に叫《さけ》びたくなった。こんな気持ちは初めてだ――

俺の足が勝手に動き出す。

最短で田中を追う必要がある。俺の気持ちを伝えなければ後悔《こうかい》をする。

一秒でも早く田中のもとへ――

「――ちょっ」「ばぅ――」

姫とわんこの声は途《と》切《ぎ》れて聞こえた。あとで俺の背中を押《お》してくれたお礼をしなければ。

吹《ふ》き抜《ぬ》けの内廊《ろう》下《か》スタイルのショッピングセンター。田中はすでにショッピングセンター

の出口を通過している。最短ルートの検索《けんさく》は完了《かんりょう》している。

最大限の足の力を床へと伝える。俺にとって今一番大切な事は田中に追いつく事だ。俺は眼の前にある三階のエスカレーターから飛ぶように走った。

――障害物無し、足場確保、二階着地衝撃吸収。

なんて俺は馬鹿なんだろうか。自分の事しか考えず、田中の気持ちなんて全然わかっていない。あの時の田中の顔を思い出せ。あれは悲しくて傷ついた顔をしていたじゃないか。

俺は田中にそんな顔をさせたくない。

田中の事が大好きだからだ。

――加速、吹き抜け柵《さく》飛《と》び越《こ》え、衝撃吸収、五点着地成功、一階到着《とうちゃく》。

リセットなんて駄目だ。一人で考えては駄目だ。だって、田中は大好きな友達なんだ。

眼の前の問題から逃《に》げるな。ここで田中に追いつかなかったら一生後悔する。

――入り口付近人混み、ルート修正再構築、空間認識《にんしき》、全体予測。

俺はいつしか本気で生きる事をやめていたんだ。だから花園とも田中とも道場とも笹身ともうまくいかないんだ。

田中の姿はすでにショッピングセンターの入り口付近にはなかった。街に出てしまっては捜《さが》すのが困難だ。それでも俺は諦めない。

俺は入り口付近の人混みをすり抜けた――

「映画の撮影《さつえい》？」「スタントマンじゃね？」「カメラ回ってるのかな」「人が落ちたぞ！」「パパ、人が飛んでるよ」

人々の声は景色とともに流れ消えていく。

俺の視線は遠くで歩いている田中の背中を捉《とら》えた。心臓が跳《は》ね上がる。恐怖を感じた事がなかった俺が震えそうになる。人と接するのが怖い。田中に嫌われるのが怖い。

『――あんたならもう大丈夫』

花園の言葉が浮かんできた。勇気が湧いてきた。勝手に心の声が言葉に出ていた。

「田中ーーーーーーーーーー!!　俺は田中が大好きなんだーーーー!!」

交差点を途中《とちゅう》まで渡《わた》っている田中が振り返る。田中の姿がどんどん大きくなる。もうほんの少しの距離。

俺の視力ならわかる。その瞳は涙《なみだ》で濡《ぬ》れていた。口元が動いていた。唇《くちびる》を読み取る。『来ちゃ駄目じゃん。泣き顔見られたくないよ』

一瞬だけ躊躇《ちゅうちょ》してしまう。追いついて何を話せばいいんだ?

俺は自分の顔を自分で殴りつける――

ウジウジするのはやめだ。俺の気持ちを伝えればいいのだ。過去なんて関係ない。俺の過去なんて酷《ひど》いものなんだから。未来を田中と築くんだ。

その時、全身が粟立《あわだ》つような感覚に陥《おちい》った。空間認識がアラートを鳴らす。高速思考が演算予測を立てる。俺の思考が淡々《たんたん》と事実だけを告げる。

信号は点滅《てんめつ》していた。横目に見える減速しないトラック。半分寝《ね》ている運転手。田中に事故が起こる確率は99・9％。

それは駄目だ。お願いだ。やめてくれ。

田中は大切な人なんだ。連れ去らないでくれ。『もう大切な人がいなくなる』のは嫌なんだ。

演算を再構築する。現時点での俺の身体能力では確実に追いつけない。

あと数秒で田中がトラックに撥《は》ねられてしまう。

田中が傷ついてしまう。田中がいなくなってしまう。田中が――

頭の中がショートしそうであった。何度も何度も何度も何度も演算しても間に合わない。理性が諦めろと告げる。

だが、しかし、俺の残り０・１％の本能は違った。

『リセット』

感情を消すだけがリセットじゃない。

頭の中の『何か』と引き換《か》えに限界を超えればいい。

田中が助かるなら俺はどうなっても構わない。身体が、心が壊《こわ》れても構わない。

一切《いっさい》の躊躇なく、俺は『何か』をリセットした──

脳が破裂《はれつ》するような感覚に陥る。血液の流れに異常を感じる。目と鼻から血が流れている。体温の上昇が激しい。焼き付くような匂いが口の中に広がる。

周りの景色が消え去る。鍛《きた》え上げられた筋肉が引き裂かれる。痛覚を遮断《しゃだん》しても尋常《じんじょう》じゃない痛みが魂《たましい》に刻まれる。

それでも、俺は、手を伸ばす。己《おのれ》の限界を超えて──

大好きな人のために。

第二十一話【始まりのエピローグ】

公園のベンチ。

知らない女の子と座っていた。とても表情豊かで可愛らしい娘《むすめ》であった。

俺はこの娘の事が大好きで悲しませてはいけない、という事だけが理解できる。

「藤堂びっくりしたじゃん。交差点でいきなり全速力で走ってきたからさ」

「ああ、驚かせてすまない」

「ううん、ちょっと嬉しかったじゃん、えへへ」

俺は先程こっそりスマホを開いて、花園にこの娘の名前を聞いた。『田中波留』俺が今日デートしている女の子だ。その後、花園から通知が止まらなかったが、俺は無視をすることにした。

この状況を乗り越える方が優先だ。

大丈夫だ。この娘の事を『大好き』だという感情は残っている。俺に何が起きたか分からないが、きっとリセットの失敗なんだろう。きっと悲しい事があったんだ。

幸い、スマホの中には今回のデートに関してのレポートがまとめられてあった。それを見たら大体の状況は判断できる。

田中に関しての記憶《きおく》がなくなったが、感情は残っている。修正できる範囲《はんい》であろう。

田中は嬉しそうだけど寂しそうな顔をしていた。理由がわからない、が、問題ない。悲しませなければいいだけのことだ。

それに、何故か俺の身体はボロボロであった。外傷は少ないが、身体の内部はひどい状態であった。即刻《そっこく》病院にいかなければならない。足を動かそうとしても動かない。

「そうか」

「む、なんか冷たくなってるじゃん！」

「そ、そんな事はない。ほんの少し疲《つか》れただけだ」

この娘に気づかれては駄目だ。

「そっか、うん、なんか色々あったもんね。あ、私の場合は藤堂と出会ってから超大変だったじゃん！」

田中は俺との出会いから話し始めた。バイト先で出会い、一緒に仕事をし、バイト帰りにはいつも送ってあげて、自動販売機《はんばいき》で二人でジュースを飲むのが楽しみだった事を。

だが、俺にはその記憶が無い。悲しさよりも今の現状を把握《はあく》するのに精一杯であった。

それに、俺は田中を悲しませたくない。記憶が無くてもそれだけはわかる。

「さっきさ、藤堂が私の事大好きだ、って言ってくれて超嬉《ちょううれ》しかったじゃん。でも、やっぱり駄目じゃん……」

そうだ、俺はこの娘の事が大好きなんだ。何故《なぜ》好きになったかわからない。俺は大好きだという事を伝えられたんだ。

まるで今までの自分が他人のように思える。過去の俺は頑張《がんば》ったんだな。

「藤堂……、華ちゃんの事好きだったんでしょ？　ならさ……、もう一度……華ちゃんとちゃんと向き合ってね」

「花園は大事な友達だ。ちゃんと向き合ってるぞ」

「ううん、そうじゃないの」

田中は首を振った。夕日に照らされた田中の顔はとても美しかった。普通じゃない俺は誰とも付き合ってはいけないんだ。そう思うと、花園とリセットして良かったのかもしれない。この娘の事が大好きだという気持ちも隠《かく》した方がいいのかもしれない。

それでも、何故か俺の心臓の鼓動《こどう》が速くなる。

「藤堂……、好きって難しいじゃん？　私ね藤堂が初めて。一緒にいてこんなに楽しく思えた人。でも一緒にいると、罪悪感がひどいじゃん……、華ちゃんと付き合えなかった藤堂を見て安心してる私が嫌い」

「田中――」

俺の今の行動目的はこの娘を悲しませない事だ。

「へへっ、藤堂はリセットしたとしてもやり直せるじゃん。藤堂は私みたいな子じゃなくて……華ちゃんのそばにいてあげて――」

この娘との思い出が一瞬《いっしゅん》だけ浮かび上がりそうになった。俺はその事実に驚いた。無くした思い出が蘇《よみがえ》った事なんて今まで無い。

「だからね――愛情は全部華ちゃんにあげるじゃん！　藤堂にとって私はお母さんみたいな存在でしょ？　ふふ、藤堂見てるとわかるもん。だからね……私」

「それでも俺は君が大好きだ」

好きという感情は何なのだろうか？　言葉が勝手に出ていた。俺に苦しみと悲しみを与《あた》えるものだとばかり思っていた。だが、それと同時に温かい気持ちにもなれる。

彼女《かのじょ》は優しい微笑《ほほえ》みを俺にくれた。ああ、お母さんってこんな感じなんだろうな……。

包まれるような優しさであった。


「ずるいじゃん。そんな事言われたら……。でもね、それは私がズルしただけ。純粋な藤堂につけ込《こ》んで独占《どくせん》しただけじゃん。だから、藤堂の気持ちに応《こた》えられないの」

田中は俺が記憶を失った事に気がついていない。

きっと、これでいいのだろう。俺は誰かと恋《こい》する資格なんてない存在だ。だが、胸が苦しくなる。知らない思い出がさっきから頭の中で流れている。頭がおかしくなりそうになる。


「藤堂、大丈夫。ずっと友達じゃん！　ねっ、これからも楽しく……ひぐっ……過ごそうね！」

「そうか……」

「うん、だって、卑怯《ひきょう》じゃん、華ちゃんは藤堂と付き合えたかも知れないのに。それに、藤堂はこれからもっと色んな人と仲良くなって……、あっ、もしかしたら、そこで華ちゃんと同じくらい好きな人ができちゃったりして。でも私的には華ちゃんと一緒になって欲《ほ》しいじゃん。……藤堂の世界はもっと広いじゃんよ‼」

俺は理解した。

この娘は優しすぎるんだ。自分の気持ちを殺して花園を優先させている。俺の好意がこの娘を悲しませている。ならば、俺は行動するのみだ。

「田中への好意を無くして、田中の罪悪感が消えるなら――」

田中の頬《ほお》を一筋の涙が伝う。

「俺はもう一度リセットする」

田中は微笑んだ。今、出会ったばかりの大好きな女の子。消えた思い出が蘇りそうなほどの好意を抱《いだ》いている女の子。俺とこの娘の唯一《ゆいいつ》の接点である『大好き』という感情。

俺はその顔を忘れない。魂に刻み付けろ。激しい痛みが胸の奥《おく》で暴れている。普通の人ならばそれだけで死に至る痛み。

「──藤堂……私……」

俺は目を閉じて、頭を切り替《か》える。知らない思い出が走馬灯のように頭を駆《か》け巡《めぐ》る。

それでも──リセットで田中の苦しみが消えるなら──

田中、俺にとってここからが本当のスタートだ。

見ててくれ。待っててくれ。

俺が、今度こそ、普通の青春を、田中と──

俺は田中への好意をリセットした。

「と、藤堂!? だ、大丈夫……」

目を開けると、そこでは田中が心配そうに俺の肩《かた》に触《さわ》っていた。心臓の鼓動は速くならない。何も感じない。

俺の心の中にあった田中に対する好意が、愛情が、全て消えてなくなった。心の痛みが消えてなくなった。完全に知らない女の子へと変わってしまった。

あんなに愛《いと》おしく思えた田中への気持ちが何も感じられなかった。

「あっ……、初めて会った時の藤堂……。これが、リセット……。へへっ、私、馬鹿じゃん。でも、これで華ちゃんと――」

「――大丈夫、だ」

俺は田中の言葉を遮《さえぎ》る。

「確かに田中への好意は消えてなくなった。だが……、俺の魂に刻みつけた思い出までは消せない――」

記憶の思い出は全て消えている。大好きだったという唯一の接点も消えてしまった。

それでも、何故か俺は知らない思い出が頭に浮《う》かぶ。魂に刻みつけたからだ。

俺は理解した。何度も何度もリセットして色々経験した。人の心が少しだけわかった。

なら、何度でも人と心を交《か》わせばいい。何度だって間違《まちが》えればいい。

俺が普通じゃない事はいまさらだ。俺が成長すればいい――

――俺が田中をまた好きになればいいだけのことだ。

「だから、田中――今度は『俺を信じてくれ』――」

顔から汗《あせ》が止まらない。心には何も響《ひび》かない。確証の無い希望を口に出す。以前の俺ならこんな言葉を絶対に言わなかった。

「リセットから始まる青春でもいいだろ？」

田中という女の子は俺の言葉を聞いて――何故か――泣き崩《くず》れた。

（完）

あとがき

野良うさぎが小説を書こうと思い立ったのは2017年の初頭でした。

あれは鎌倉の長谷に出したお店を閉店させた時です……。

子供の頃から物語が好きで、漫画やアニメ、映画だったり、家にある親父のハードボイルド小説と推理小説を読んでいました。初めて読んだラノベはイースだと思います。文体というか小説の基礎は北方謙三先生がバイブルとなっています。

小説は文字で読者の感情に影響を与える、とても素晴らしいコンテンツだと思います。

就職して仕事が始まると軽い本（ラノベ）をよく読むようになりました。お風呂や食事の時に文章を目で追っていないと落ち着かないタイプです。

お店を閉店して失意のどん底にいた時、とあるラノベ（弱キャラ友崎君）の一巻を電車の中で読みました。不思議な事に落ち込んでいた心が回復したような気がしました。

その時ラノベをいつか書いてみよう、と心に決意しました。

実際に書き始めたのはもう少し後ですが、小説家になろうの存在を知り、投稿を始めた次第です。

ずっと書き続けていたらいつの間にか小説家になっていました。その間、執筆した文字数は二百五十万文字以上だと思います。

大長編は書かずに五万〜十万文字の作品を完結させる事に注力しました。流行りの流れを狙ったとしても書きたくなかったら続きません。なので、プロットも書かずに、文章作法も勉強せずに感覚で好き勝手書いていました。

子供の頃、とある小説を読み終わった時に心に何かが突き刺さる感覚を覚えました。アニメ、映画、ゲームでもその感覚に陥る時があります。早く読みたい感情と読み終わりたくないという感情が同居します。ロードス島戦記の二巻や三毛猫ホームズの一巻、ＦＦＸやゼノギアス等々。

自分もそんな物語を書きたいと思いました。

この物語「リセット青春」は野良うさぎが魂を込めて書いた作品です。正直、ラノベとしては悲痛な所はあります。物語の内容が日常的な場面が多いです。ですが、藤堂君が全てを壊してくれています。

「リセット青春」の主人公は藤堂君です。彼がいなければこの物語は成立しません。

そして、物語序盤から彼は好き勝手に動いているキャラです。

自分でもこの物語の続きが気になります。だから魂を込めて書き続けます。心に突き刺さる物語を目指します。

ラブコメとしては異質な作品だと理解しています。そんなこの作品を見つけてくれた編集さんには感謝しています。

衝撃的なイラストを描いて下さったイラストレーターのＲｅ岳様、この作品に関わった全ての方々、うちのお店で働いているスタッフ達、そして見守ってくれた家族に感謝を述べたいと思います。


——本当にありがとうございました。

HJ文庫 https://firecross.jp/
1124

幼馴染に陰で都合の良い男呼ばわりされた俺は、好意をリセットして普通に青春を送りたい1

2023年11月1日　初版発行

著者――野良うさぎ

発行者―松下大介
発行所―株式会社ホビージャパン
〒151-0053
東京都渋谷区代々木2-15-8
電話　03(5304)7604（編集）
03(5304)9112（営業）

印刷所――大日本印刷株式会社

装丁――AFTERGLOW／株式会社エストール

Printed in Japan

ISBN978-4-7986-3335-0　C0193

ファンレター、作品のご感想お待ちしております

〒151－0053　東京都渋谷区代々木2－15－8
(株)ホビージャパン HJ文庫編集部 気付
野良うさぎ 先生／Re岳 先生